文春文庫

写真館とコロッケ

ゆうれい居酒屋3

山口恵以子

文藝春秋

目次

この作品は文春文庫のために書き下ろされたものです。

本文カット　川上和生
編集協力　澤島優子
ＤＴＰ制作　エヴリ・シンク

写真館とコロッケ
ゆうれい居酒屋 3

第一話

イワシは33回転

「秋穂《あきほ》……」

「ふぁい」

意識の外で返事をして、秋穂は突っ伏していたちゃぶ台から頭を上げた。それで目が覚めた。いつの間にかうたた寝をしていたようだ。

誰かに呼ばれたはずなのに、部屋の中には誰もいない。当たり前だ。夫の正美《まさよし》が亡くなって以来ずっと一人暮らしなのだから。テレビも消えていた。

いやだわ、ぼけたのかしら。

いや、必ずしもそうとは言い切れまい。さっきまで夢の中で、正美とおしゃべりしていたのだから。

秋穂は小さくあくびを漏らし、大きく伸びをした。壁の時計は四時を指している。そろそろ階下に下りて、店を開ける準備をしなくてはなるまい。

立ち上がって仏壇の前に行った。飾ってある写真の中で、正美は十年前と変わらぬ顔で微笑《ほほえ》んでいた。黒い背広姿ではなく、釣り師のベストに帽子をかぶっている。

まったく、残ってる写真、全部釣りの時のなんだもの。遺影に使える写真がないって、葬儀屋さんに愚痴《ぐち》られちゃったわ。

秋穂は心の中で文句を言って、蠟燭《ろうそく》に火を灯《とも》した。線香に火をつけ、お供えしてリンを鳴らし、両手を合わせる。この十年、毎日欠かしたことがないので、今やすっかり生活習慣と化していた。

でも、不思議ねえ。十年も会ってないなんて思えないわ。毎日夢の中で会ってるからかしら。

人間には夢を見るタイプと見ないタイプがあって、見ない人はたとえ十時間熟睡《じゆくすい》しても、眠りに落ちた次の瞬間にパッと目が覚めて、その間の記憶はないという。秋穂は典型的な夢見タイプで、三分間居眠りしている時でさえ夢を見る。だから夢を見ない人がどんな心持なのか想像できなかったのだが、盲腸の手術で全身麻酔をかけられた時、追体験した。まさに、意識がなくなった次の瞬間、目を開けたら手術が終わって病室に戻っていた。

だから私、夢を見るタイプで助かったわ。

秋穂は写真の正美に微笑みかけた。もし夢を見ないタイプだったら、この十年、ずっと一人ぼっちの寂しさを抱えて生きていただろう。考えただけで、とても耐えられそうになかった。

それじゃ、行ってきます。

秋穂は蠟燭の火を消して立ち上がり、階段へ向かった。

JR新小岩《しんこいわ》駅のランドマークと言えば、何といっても「ルミエール商店街」だろう。南口駅前から広がるこのアーケード商店街は全長四百二十メートル。葛飾《かつしか》区と江戸川《えどがわ》区を股にかけている。完成した当初は、日本最長を誇っていた。

日本最長の座は大阪《おおさか》府梅田《うめだ》の商店街に譲ったが、むしろルミエール商店街が誇るべきは、軒を連ねる店舗がほぼ営業していて、シャッター店が皆無に近い事だろう。たとえ閉店してもすぐに次のテナントで埋まる。シャッター街と化す商店街が全国的に広がるこのご時世に、まことに喜ばしい事ではないか。

東京は各地で再開発が進んでいるが、葛飾区も例外ではなく、先に再開発計画の始まった立石《たていし》に次いで、新小岩も再開発の途上にある。すでにJR東日本の駅ビル工事は完成に近づき、今年の冬には駅舎と直結の商業施設も開業の運びだ。そして二〇二九年度には南口のルミエール平和橋通り沿いに、高さ百六十メートル、地上三十九階建てのビルが完成するという。

高層ビル完成の暁《あかつき》には、新小岩の風景は大きく変わるだろう。しかし、それでも新小岩駅南口を象徴するのは、ルミエール商店街に違いない。住人たちに愛されてきた商店街は、昔も今も栄えている。だからきっと、これからも栄えてゆくことだろう。

さて、そんなルミエール商店街の中ほどを右へ曲がり、最初の角を左へ折れた路地で、米田《よねだ》秋穂はひっそりと居酒屋「米屋《よねや》」を営んでいる。左には焼き鳥屋「とり松」、右にはスナック「優子」。いずれも住居兼店舗の、何処《どこ》にでもありそうな小さい店だが、律儀に通ってくださる常連さんに支えられ、今日も店を開けている。

「もう六月か……」

店の壁にかけた日めくりを一枚破り、思わず呟《つぶや》いた。暦《こよみ》の上ではもう夏だ。しかし六月初めの陽気は五月の延長線上にあって、爽《さわ》やかで過ごしやすい。うだるような暑い日もある七月とは別世界だ。

「米屋」の暖簾《のれん》を出し、軒先に吊《つ》るした赤提灯《あかちょうちん》の電源を入れて、開店準備はすべて整った。

準備と言ってもカウンター七席の居酒屋で、大した手間はかからない。店が狭いから掃除はすぐに終わるし、女将《おかみ》のワンオペ居酒屋だから大した料理は出していない。自慢できるのは開店以来、汁を注《つ》ぎ足して作っている煮込みくらい。あとは作り置きとレンチンがほとんどだ。

お客さんも大半は常連だから、そこは心得ている。高級料理が食べたければ「米屋」になんぞ来ない。

自分で言ってりゃ世話ないか。

秋穂は自分に突っ込んで苦笑しながら、カウンターに入った。今日はキュウリが安かったので、いつもの叩《たた》きキュウリにひと手間加えてみた。お客さんが喜んでくれると良いのだが……。

ガラリと入り口のガラス戸が開いて、いつもの顔が覗《のぞ》いた。

「いらっしゃい」

よう、といつものように短く挨拶《あいさつ》して入ってきたのは、悉皆《しっかい》屋の主人沓掛音二郎《くつかけおとじろう》と釣具屋の主人水ノ江時彦《みずのえときひこ》だ。

「ホッピー」

「俺も」

二人はカウンターの中央に腰を下ろした。

秋穂は二人におしぼりを渡し、ジョッキに焼酎《しょうちゅう》を入れてからホッピーの栓を抜いて出した。

ホッピーとは麦芽《ばくが》飲料の商品名だが、居酒屋でホッピーと言えば焼酎とセットで提供される。そして居酒屋用語でホッピーを《外《そと》》、焼酎を《中《なか》》と呼ぶ。

かつてはホッピーを注文するのは《おじさん》と相場が決まっていたが、プリン体ゼロ、低糖質、ヘルシーで太りにくいアルコール飲料と見直され、近頃は若い女性にも人気となっている。

ホッピーの次に、お通しのシジミの醬油漬《しょうゆづ》けを出す。台湾《タイワン》料理屋の主人に教えてもらったレシピは、梅干しを使うのでひと味違っている。何より、このシジミは買ってから一度冷凍庫に入れ、それを解凍したものだ。貝類は冷凍すると旨味成分が四倍になるのだ。しかもシジミは健康成分のオルニチンも増量する。良いことずくめだ。

続いて米屋の看板、煮込みを出す。

具の牛モツは昔から付き合いのある、築地《つきじ》場外の肉屋で買ってきた品だ。内臓の様々な部位が入っているので、味と食感の違いを楽しめる。丁寧《ていねい》に下煮をしてあるので、臭みは全くない。味付けは酒と味噌《みそ》と醬油。他の具材はゴボウ、こんにゃく、大根、人参《にんじん》。牛モツから出た旨味を吸って、野菜の旨味もグレードアップする。

稀に訪れる一見のお客さんは、シジミと煮込みを食べた途端に、ほんの少し顔つきが変わる。しょぼくれた居酒屋だと思っていた店が、意外と拾い物かもしれないと思い始めるらしい。

「なんでえ、情けねえ顔しやがって」

ホッピーをぐびりと飲んでジョッキを置いた音二郎が、横眼で時彦を睨《にら》んだ。秋穂も時彦の元気がないのに気づいていた。

「いやあ、先立つものは金だなあと思っちまってさ」

時彦は顔をしかめてホッピーを飲んだが、シジミを二粒つまむと口元が緩《ゆる》んだ。

「今更なに言ってやがる。金がねえのは昨日今日に始まったこっちゃあるめえ」

「そうそう。お金があったらおじさんなんか、とっくに商売辞めて、コレクションに囲まれて暮らしてるでしょ」

時彦は親から引き継いだ釣具屋を営んでいるが、本人は江戸和竿《わざお》に魅せられ、細々とだがコレクションしている。

江戸和竿は優れた伝統工芸品だが、戦後はグラスファイバーやカーボンなどの新素材に押され、竹製の釣竿の需要が激減した。その結果多くの竿師は廃業に追い込まれ、現在では一部愛好家の間で親しまれる希少品となってしまった。当然ながら「水ノ江釣具店」でも和竿は扱っていない。

「昨日、売り立てがあってさ。初代竿忠《さおちゅう》の名品が出たんだよ。九本継ぎの小鮒《こぶな》竿だ。竿忠といえど、そう滅多にある品じゃない」

竿忠こと中根忠吉《なかねちゅうきち》は明治期から昭和初期にかけて活躍した竿師で、名人の誉《ほま》れが高い。竿忠の現役時代が江戸和竿の全盛期と言われ、傑作が数多く誕生した。

「これがまあ、何とも言いようがねえんだ」

時彦はうっとりと目を細めたが、次の瞬間には深々と溜息《ためいき》を吐《つ》いて、やり切れないように頭を振った。

「……とても手の出せる値段じゃなかった。ゼロが一つ多い。まあ、名人の作だから仕方ないっちゃ仕方ないが、ああ、情けねえ」

時彦はジョッキを取り、ホッピーを一気に半分飲み干した。

「そうがっかりしなさんな。はい、新作ね」

秋穂は音二郎と時彦の前に叩きキュウリを置いた。器は緑が映《は》えるようにガラス製だ。

「なんだ、いつもと変わんないじゃない」

時彦が口を尖らせた。

「まあ、食べてみてよ。ひと味違うから」

二人は同時に割り箸《ばし》でキュウリをつまみ、口に放り込んだ。

「そういや、ちょいと乙《おつ》な味だ」

音二郎が良い音をさせてキュウリを嚙《か》んだ。

叩いて割ったキュウリに塩と昆布《こぶ》茶と生姜《しょうが》の千切りを加えて混ぜ込み、冷蔵庫に入れて味をなじませる。器に盛ってからゴマ油を垂らす。箸休めにぴったりの一品だ。煮込みの脂《あぶら》をスッキリと洗い流してくれる。

「一度訊《き》いてみたかったんだけど、おじさん、コレクションの江戸和竿で釣りしたことあるの？」

秋穂は昔、亡夫正美と一緒に時彦の江戸和竿コレクションを見せてもらったことがあるが、漆《うるし》塗《ぬ》りの竹竿は見た目も美しく、実用というより観賞用かと思うほどだった。竿の種類もタナゴ竿、フナ竿、ハゼ竿、キス竿など何種類もあって、それぞれに太さや長さ、継ぎの本数などが異なっていた。釣る魚の種類によって、竿も使い分けるのだという。

特にタナゴ竿など、一番先の部分は折れそうに細く、これで魚が釣れるのかと危ぶんだ。後で正美から、タナゴは全長五センチくらいの小魚と聞いて納得したのだが。

「……そりゃあな」

時彦は曖昧《あいまい》な返事をして言葉を濁《にご》したが、秋穂は多分もったいなくて使えないのだろうと察した。コレクターの心理は特別で、秋穂の知り合いのプラモデル愛好家は、同じ品を二つ買うと言っていた。一つは組み立てて眺め、もう一つは箱のまましまっておくそうだ。

「ま、元気出してよ」

秋穂は今日のとっておきのつまみを出した。

「チャーシューかい？」

「うん。ちょっぴり台湾風。食べてみて」

音二郎はそのまま、時彦は皿の隅に添えた和辛子《わがらし》を少し塗って口に運んだ。二人ともゆっくりと嚙み締め、口に広がる味と鼻に抜ける香りを楽しんでから、口を開いた。

「うめえ。肉がしっとりしてる」

「香りが良いね。八角《はっかく》？」

「そう。それと五香粉《ごこうふん》。ウーシャンフェンって言うんだって」

「そんなもん、何処で売ってんの？」

「横浜《よこはま》中華街。日曜に友達と行ってきたの。彼女、香港《ホンコン》に長く住んでて、中華料理に詳しいのよ」

中華街をぶらついて食材店を覗いたら、調味料について色々と教えてくれた。それでつい食指が動いて、あれこれ買い込んでしまったのだった。

「ごはん食べながら、買ってきた調味料を使った料理を色々教えてくれたの。その中で一番簡単だったのが、このチャーシュー」

油を入れて熱したフライパンに豚ロース肉の塊《かたまり》を入れ、表面に香ばしい焼き色を付けたら、漬け汁の入った鍋《なべ》に入れて強火で三分間煮る。後は蓋《ふた》をして火を止め、半日ほど置いて常温に戻ったら出来上がり。余熱でじっくり火を通すので、肉が固くならず、しっとりとしたよい嚙み心地になる。

「それにね、冷蔵庫に入れとけば一週間はもつの。うちにぴったりよね」

「まったくだ」

憎まれ口をたたいたものの、音二郎は米屋を気に入っている。長年連れ添った妻を亡くした後は、息子夫婦と同居しているにもかかわらず、ほとんど毎晩、米屋で晩酌《ばんしゃく》しながら晩ごはんを食べている。

秋穂もそれを承知していて、栄養バランスを考えたつまみを出すようにしている。

「中身、お代わり」

音二郎が空《から》になったジョッキを差し出した。秋穂はショットグラスに焼酎を注ぎ、ジヨッキにあけた。音二郎は瓶《びん》に残ったホッピーをジョッキに注いだ。

「はい、お口直し」

ナスの青じそ和《あ》えの器を出した。ざっくり切ったナスを塩で揉《も》み、大葉《おおば》と一緒にめんつゆに漬けただけの超簡単料理だが、大葉が爽やかに香り、ぶっかけ素麵《そうめん》やうどんのトッピングにも活躍する。冷蔵庫で四日は保存できるが、今日は開店前に作ったばかりだ。

「秋ちゃん、俺も中身ね」

時彦がナスをつまみながらジョッキを差し出した。

「おじさんの方は、何か変わった注文あった？」

秋穂は音二郎に尋ねた。

「さっぱりだ。染め替えと染み抜き、紋替え。どれもありきたりの注文ばかりよ」

音二郎は悉皆の腕にかけては名人と言われる職人なので、他の職人ならお手上げの、悉皆の仕事の方が楽しい。しかし、最近は着物を着る人がどんどん減っているので、難しい仕事も少なくなった。刺激を感じられる注文など、滅多に来ない。

それでも、磨き抜かれた技と親切な応対に感激したお客さんが、新しいお客さんを紹介してくれることもあって、音二郎は細々とだが、今も現役で仕事を続けているのだった。

ちなみに悉皆とは着物のメンテナンスをする作業で、染み抜き、染め替え、紋抜き、紋入れなど、着物についてのあらゆる相談を引き受けている。

秋穂は青ネギを取り出して刻んだ。次にオイルサーディンの缶詰を開けて小皿二枚に取り分けると、青ネギを載せ、糸唐辛子《いととうがらし》を散らし、醬油を一たらしかけ回した。超簡単、というより手抜きの骨頂のような肴《さかな》だが、酒によく合う一品なのだ。

「はい、どうぞ。さっぱりの次はこってりね」

音二郎と時彦はオイルサーディンを口に運び、ホッピーのジョッキを傾けた。

「秋ちゃん、何か汁っぽいものない？　日本酒飲みたくなってきた」

「ハマグリの潮《うしお》仕立ての小鍋なんかどう？　ハマグリとお豆腐とネギ。シメに素麵入れて、にゅう麵にも出来るわよ」

「良いねえ。それ、もらうよ。音さんは？」

時彦が音二郎を振り向くと、当然のように頷《うなず》いた。

「小鍋立てでぬる燗《かん》たあ、乙なもんだ」

「ちょっと待っててね」

秋穂は冷凍庫からハマグリを取り出した。四月の安売りの時に大量に買い込んで冷凍しておいた。お買い得な上に、冷凍の魔力で旨味は四倍になっている。一石二鳥とはこのことだ。

鍋に水と酒、ハマグリを入れて火にかけ、沸騰《ふっとう》してハマグリの口が開いたら一旦取り出し、豆腐とネギを入れて「だしの素」と薄口醬油で味を調え、アクを取ってハマグリを戻して火を止める。

ハマグリは煮過ぎていないので、身は充分な弾力を保っている。嚙めば歯ごたえはプリプリだ。その旨味のあふれ出した汁を吸った豆腐もネギも、優れた肴と化して酒を呼ぶ。

音二郎と時彦がホッピーを飲み干したタイミングで、徳利《とっくり》二本を薬罐《やかん》の湯に沈め、タイマーを二分半にセットした。つまみの皿もほぼ空になっているから、小鍋立てを出すタイミングはちょうど良い。

秋穂はカウンターに鍋敷きを置き、煮上がった土鍋を載せた。蓋を取ると、醬油の香りに混じってほのかな磯の香りが漂い、鼻腔《びこう》をくすぐった。

「熱いから、気を付けてね」

取り皿を二人の前に置くと同時にタイマーが鳴った。秋穂は薬罐に沈めた徳利を引き上げた。ちょうど四十度から四十五度の、所謂《いわゆる》ぬる燗になっているはずだ。

「良いねえ……」

時彦はハマグリを嚙みながら、殻《から》をつまんで目を細めた。

「なんつうの、貝は大人の食べもんだよな。口に入れた瞬間にパッと旨味が広がるんじゃなくて、じっくり嚙み締めてるうちにジワ〜ッとしみ出してくるんだよな。滋味っていうかさ」

「そうかもしんねえな。俺も今じゃ、トロなんぞ喰わねえしな。鮪《まぐろ》は赤身のヅケが一番美味《うま》い。脂身はせいぜい中トロまでか」

音二郎もハマグリを嚙み締めながら、猪口《ちょこ》を傾けた。

「そうそう。俺も若い頃は《血の滴《したた》るステーキ》をありがたがってたけど、もういいや。焼き肉もあんまりだし。……残ってるのは、すき焼きとしゃぶしゃぶくらいかなあ」

時彦は情けなさそうな顔をした。

考えてみれば秋穂も、食べ放題の焼き肉店に行かなくなって久しい。二十代の頃は、この世の天国かと思ったのに。

「人間は自分がとれる獲物を食べるのが理屈に合ってるって、どっかの学者が言ってたわ」

子供の頃は両親が自分たちの獲物を食べさせてくれる。成長すると自分で狩りや漁が出来るようになり、鶏《とり》や獣、大型の魚などが獲物になる。歳を取って狩りや漁が出来なくなると、海や川で採取した小魚や貝類、木の実などを拾って食べるようになる。だから若者は獣肉や大型の魚を摂取し、高齢者は小魚や貝類を摂取する。それが自然の摂理なのだ……という話だった。

本で読んだのか、誰かが言ったのか、今となっては記憶が定かではないが、理に適《かな》っていると思った記憶は残っている。

「私もおじさんたちも、だんだん脂ッ気が抜けてきたのよ。だから食べ物の好みも淡白になるんだと思う」

そう言いながら、つい自分の手を見ていた。昔はハンドクリームは冬しか使わなかったが、最近は夏でも必需品だ。一つは居酒屋を経営していて水仕事が多いからだが、それ以上に、五十を過ぎて脂分が減少してきたのだと思う。加齢によってお肌から失われるのは、水分、つまり潤いだけではないのだ。

「よく《脂ぎった中年》っていうけど、あれ、大嘘《おおうそ》よね。自分が中年になったら、どんどん脂が抜けて、カサカサになっていくって痛感したわ。あのフレーズ作った人きっと若者よ」

「秋ちゃんなんか、まだ若いよ」

「そうそう、これからだよ」

ホッピーと日本酒でほろ酔い加減になったらしく、音二郎も時彦も、ほんの少し目がトロンとしていた。

「ありがとう。お礼ににゅう麺、大盛でサービスするからね」

二人ともあわてて首を振った。

「いや、いい。普通盛で」

「俺も、腹パンパンになりそう」

時彦が胃のあたりを撫《な》でまわすのを見て、秋穂は微笑んだが、同時にほんの少し寂しさを感じた。

二十年近く前、亡き夫正美と共に教職を辞し、自宅を改装して居酒屋を開いた頃、音二郎も時彦もよく食べ、よく飲んだ。今の倍くらい健啖《けんたん》だった気がする。

ま、しょうがないか。二人とも七十過ぎてるんだから。

秋穂は心の中で呟き、鍋に湯を沸かした。鍋の具材を食べ終わったら残った汁を温め、茹《ゆ》でた素麺を入れてにゅう麺にする。

「お鍋、もらうわね」

カウンターから土鍋を引き上げ、ガスの火にかけた。汁が煮立ってきたところで素麺を入れる。再び煮立ってきたら、火を止めて出来上がり。

音二郎と時彦は火傷《やけど》しないように、慎重に麺を啜《すす》り、汁を啜った。その顔に浮かぶ幸せそうな表情が、ハマグリのにゅう麺の美味しさの証明だった。

「途中でちょっと振ると、味が変わって面白いわよ」

秋穂は二人の前に粗《あら》びき黒胡椒《こしょう》の瓶を置いた。

「黒胡椒？」

音二郎はちょっと疑わしそうな顔をしたが、時彦は黒胡椒の瓶を手にして、ほんの少し振りかけた。

「なるほど、イケる！」

時彦は目を見開いた。

「でしょ」

醬油ベースの吸い物は、意外なことに黒胡椒と相性が良い。一振りすると優しい味が骨太に変化する。今で言う「味変《あじへん》」だ。

「知り合いの旦那《だんな》さん、お蕎麦《そば》の薬味に唐辛子じゃなくて黒胡椒振るんですって。変な趣味だと思ってたけど、試してみたら意外と美味しいって。それで私もやってみたら、面白いなって」

時彦が美味そうに汁を啜っているので、音二郎も恐る恐る黒胡椒の瓶に手を伸ばした。

「あっ！」

緊張しすぎたのか、手の振りが大きすぎて表面が黒くなってしまった。

「しょうがねえなあ」

苦虫をかみつぶしたような顔をする音二郎に、秋穂は優しく言った。

「大丈夫よ。器、替えるわ」

菜箸を手に、新しい器に麵を取り、音二郎の器から黒くなった麵を三本ほど移し替えた。そこへ鍋の汁を注ぎ足す。

「これで試してみて」

音二郎は秋穂から器を受け取り、汁を啜った。

「ふうん。こいつもなかなか乙な味だ」

「音さん、いっつも乙だよね。甲《こう》とか丙丁《へいてい》はないの？」

「まぜっかえすな」

軽口を叩きながら、二人は美味そうににゅう麵を平らげた。

その夜はお客さんの引けが早く、九時過ぎると客席は空になった。

秋穂は壁の時計を見て、看板にしようかどうしようか考えた。開店は六時だが、一人でやっている店なので、閉店時間は特に決めていない。自宅兼店舗の気楽さで、お客さんが残っていれば深夜二時まで開けていることもあるし、十一時前に閉めることもある。でも、さすがに九時は早いか。

しかし、このまま開けていても、今日はもうこれ以上の来客は望めそうにない。常連さんは一通り顔を見せてくれたし、振りのお客さんは滅多に来ないのだから。

思い切りよくカウンターから出ようとしたところで、ガラリと音を立てて店の戸が開いた。

「いらっしゃいま……せ」

声を弾ませて迎えたものの、入ってきた男性を見た途端、語尾は小さく尻すぼみになった。それというのも男の風体《ふうてい》が変わっていたからだ。

黒の背広に黒のネクタイはまともだが、髪の毛が金色で、細かい三つ編みにして肩まで垂らしていた。しかも、生《は》え際《ぎわ》には剃《そ》りこみが入っている。夜だというのにサングラスをかけているのも怪しい。派手な格好をしているが、四十は過ぎているようだ。顎《あご》の細い輪郭で、唇の形がちょっと富士山に似ていた。

「一人だけど、良い？」

男は柔らかみのある声で尋ねた。見た目は変わっているが、不逞《ふてい》の輩《やから》ではなさそうだった。

「どうぞ。お好きなお席に」

小津真行《おづまいく》は左から二番目の席に腰を下ろした。女将がちらちらと自分を見ている。年配者から不審な目で見られるのは慣れっこだった。この女将も五十くらいだから、真行が何者か見当がつかなくて当然だ。

この店を選んで正解だったと、真行は思った。このしょぼくれた居酒屋に来るような客なら、誰も自分のことを知らないだろうと思ったが、それどころか客さえいない。これなら心静かに飲めるだろう。今日だけは、ファン対応の作り笑いを浮かべたくない。

「瓶ビールある？」

「サッポロですが」

真行は鷹揚《おうよう》に頷いた。特にビール党ではないが、瓶ビールは居酒屋では一番無難な飲み物だ。ましてこんな……。

つい店の中を見回した。古くて小さな、ありきたりの居酒屋と思っていたが、壁一面に魚拓が貼ってある。もしかして新鮮な魚介が売りなのか？

「お客さん、すみませんね。あれ、全部亡くなった主人の趣味なんです。うち、海鮮はやってないんですよ」

真行の胸中を察したように、秋穂は言った。

「いや、別に魚が食べたいわけじゃないんで」

知らない店で生物《なまもの》を食べるのはリスキーだしなと、真行は心の中で独りごちた。

出されたお通しはシジミの醤油漬けだった。真行は義理で一粒口に入れ、その意外な美味しさに少し驚いた。思わず、二粒、三粒と口に運んだ。

「これ、美味いね」

「ありがとうございます」

秋穂は嬉《うれ》しくなって、ひとくさり蘊蓄《うんちく》を垂れてしまった。貝は冷凍すると旨味が四倍になると言うと、サングラスの奥で真行が目を丸くしたのが分かった。

「知らなかった。そうなんだ」

「私も初めて本で読んだときは、びっくりしました」

「冷凍した貝、食べてみたいなあ」

ついさっきまで、この店で料理を食べる気などなかったのに、思ってもいないセリフが口から飛び出した。

「ハマグリの小鍋立て、如何《いかが》ですか？」

「それ、冷凍？」

「もちろん。他はネギとお豆腐だけ。残った汁に素麺を入れて、にゅう麺にするのがお勧めです」

真行はごくんと喉《のど》を鳴らした。昼におにぎりを一個食べたきり、何も食べていない。忘れていた空腹が頭をもたげてきた。

「それ、食べます。その前にがっつり腹に溜まるもの、何かある？」

「煮込み。うちの看板商品」

「じゃ、それ。他には？」

「チャーシュー如何ですか？　手作りで、ちょっと台湾風なんです」

「もらう、もらう」

真行はグラスに残ったビールを飲み干し、手酌《てじやく》で注ぎ足した。

「女将さんも一杯どう？」

サッポロの瓶を指さすと、秋穂は笑顔で頷いた。

「ありがとうございます。いただきます」

新しいグラスを取り出し、真行に注いでもらった。一息に半分ほど飲んでから、次々に注文の料理を出した。煮込み、チャーシュー、そして……。

「これ、お店からサービスです」

叩きキュウリを盛ったガラスの器をカウンターに置いた。

「箸休めにどうぞ。さっぱりしますよ」

「悪いね」

真行はキュウリに箸を伸ばし、ポリポリと噛みながら、頭の片隅で考えた。

この店、案外拾い物だったな。料理も結構うまいし、何よりすぐに出てくるのが良い。それに、接客態度も悪くない。押しつけがましくないけど、親切で。

そう思うと、警戒心がほどけて、口が軽くなった。

「通夜《つや》の帰りなんだ。焼香《しょうこう》だけして、通夜振る舞いは遠慮して帰ってきたから、腹減っちゃって……あ、斎場出た後で塩かけてもらったからね」

秋穂は苦笑を漏らして首を振った。

「気にしないでください。うちは貧乏神が居座ってますから、他の神様は入ってこれないんです」

真行は微笑を浮かべて、秋穂を見直した。割烹着《かっぽうぎ》姿で化粧気もないが、さっぱりした人好きのする顔をしていた。優しく包み込むような雰囲気が、どことなく浮田恭一《うきたきょういち》に似ている……。

そう思った瞬間、真行の心の鍵は外れ、秘めていた言葉があふれだした。

「女将さん、新小岩は長いの？」

「もう半世紀以上。生まれた時からずっとだから」

「北口にあった浮田レコードって知ってる？」

「ええ。買い物したことはないけど」

南口のルミエール商店街にもレコード店があるので、レコードを買うのはその店だった。

「俺、子供の頃、新小岩に住んでたんだ。中学に入る前に亀戸《かめいど》に引っ越したけど」

「あら、そうですか。新小岩はずいぶんお久しぶりですか？」

「うん。二十年ぶりかな。浮田さんが店を閉める前は時々行ってたんだけど」

真行は何かを思い出すように遠くを見た。

「俺、非嫡出子《ひちゃくしゅつし》なんだ。早い話がてなし子」

秋穂は何と言っていいか分からず、黙って真行を見つめた。

「母親は高校生の時、あるロックグループに夢中になって、そこのギタリストと恋愛関係になった……というのはおふくろの言い分で、男の方は手っとり早くやれる女に手を出しただけだった。妊娠したおふくろを放り出してトンズラしたんだから、それが真相だと思う」

真行の口調は極めて淡々としていて、恨みがましさは感じられなかった。しかし、言葉の裏に筆舌に尽くしがたい苦労があったことは、容易に想像がついた。

「おふくろは俺を抱えて、随分と苦労した。色々仕事を変えた末、俺が小学生の頃は、新小岩のスナックで雇われママをやってた。北口の狭いアパートに住んでたんだよ。貧乏でさ」

しかし、過去を語る真行の表情は、何処《どこ》か楽しそうだった。

「親父の遺伝かもしれないけど、俺は音楽が好きだった。絶対音感ってやつかな、初見の楽譜の音が、頭の中で鳴るんだよ。一度聞いた曲は、主旋律に合わせて和音で伴奏することも出来た」

「すごいですねえ」

親譲りの音痴の秋穂は、心底感心した。しかし、次の瞬間、真行の表情が翳《かげ》った。

「俺は楽器をやりたかった。ギターでもキーボードでも何でもいい。楽器を手にして練習すれば、絶対に上手《うま》くなる自信があった。腕を上げて、プロのミュージシャンになるのが、子供の頃からの夢だった」

しかし、貧しい母子家庭に、息子に楽器を買ってやる余裕はなかった。まして、金を払って習わせるなど、到底無理だった。

「レコードを買うのがやっとだった。好きなグループの新譜が出ると、すぐに小遣いを握りしめて浮田レコードに走ったよ」

真行はそこで溜息を吐いた。

「もっとも、新譜が全部買えるわけじゃない。子供にとって二千八百円は大金だ。お年玉と、おふくろの店の客の使いっぱしりしてもらった駄賃を貯《た》めて、少しずつ買い集めた」

お金が足りない時、真行は浮田レコード店に行き、好きなグループの新譜を手に取り、とっくりと眺めた。ジャケット写真、歌詞カード、評論家の解説まで一字一句暗記するほどに。

「浮田のおじさんは俺を見ると、そのLPを店でかけてくれた。A面とB面全部だと結構な時間になるけど、いやな顔一つしなかった。店は普通の町のレコード屋で、俺がいないときは演歌や流行歌のレコードをかけてるんだよ。あの店は、俺のレコードライブラリーで、音楽鑑賞室だった」

「良い方ですね」

「恩人だよ」

真行は自分に言い聞かせるように答えた。

今夜はその浮田恭一の通夜だった。店を閉めてから奥さんと八王子《はちおうじ》に引っ越して、夫婦でマンションの管理人をしていた。斎場も八王子だったが、通夜の後、ふと思い立って想い出の新小岩に足を延ばした。来て良かった。

「浮田のおじさんがいなかったら、俺はＤＪにはなっていなかった。今日《こんにち》あるのは、みんな浮田のおじさんのおかげだと思ってる」

ＤＪと聞いて秋穂が真っ先に思い浮かべたのは、糸居五郎《いといごろう》や土居《どい》まさるなど、ラジオのディスクジョッキーだった。次にＦＥＮで聴いたウルフマン・ジャック、「ベストヒットＵＳＡ」の小林克也《こばやしかつや》も思い出した。格好から判断すると、後者のＤＪに近いのかもしれない。

「あのう、ラジオ番組に出演されてるんですか？」

「ゲストに呼ばれることはあるけど、ほとんど出ないね。俺はもっぱらクラブで……」

真行は途中で、秋穂がラジオＤＪとクラブＤＪの違いを知らないことに思い至った。無理もない。この年代の居酒屋の女将さんが、クラブシーンなんか知ってる方が珍しいだろう。

「ＤＪっていうのは二種類あって、女将さんの知ってる糸居五郎なんかは、曲をかけて、おしゃべりして、時にはゲストを呼んで、番組を引っ張ってく仕事。俺のやってるクラブDJは、会場で曲をかけて、スクラッチやジャグリングなんか加えて、曲を作る仕事なんだ」

簡単に言えば、二台のターンテーブルとミキサーを駆使して、二枚のレコードをかけながら、こすったり引っかいたりして、切れ目なく曲をつないでいく作業である。これは「DJミックス」と呼ばれていて、パーカッションのような役割を果たしたり、サンプラーやドラムマシンの操作を兼任するDJもいる。

この技に長《た》けたDJは、音楽グループの一員として迎えられることもある。つまり、ミュージシャンと遜色《そんしょく》ない存在なのである。

真行は丁寧に説明してくれたが、秋穂は理解できなかった。クラブDJがどんなものか、まるで見当がつかないのだ。しかし、真行の話しぶりから、彼がクラブDJとして高い地位にあることは、何となく察せられた。

「お客さんは、クラブDJとして成功なさったんですね」

「うん。ある程度は」

これでも謙遜《けんそん》しているのだった。「DJ．MIKE」と言えば、業界最高峰の呼び声も高いクラブDJだった。人気グループNEXTと組んで、ヒット曲を連発した実績もある。

「おめでとうございます。良かったですね。お母様も、さぞ喜んでいらっしゃるでしょうね」

するとと真行は突然、苦々しげに顔をしかめた。

「おふくろとは縁を切った。もう、二十年以上会っていない」

秋穂はまたしても答えに窮《きゅう》して口を閉じた。母と子の関係がこじれてしまったことには、きっと深い事情があるのだろう。他人が軽々に口出しすべきではない。

にもかかわらず、秋穂は気になった。母との断絶が、真行の心に明らかに暗い影を落としているからだ。

「一体、何があったんです？」

真行は秋穂の顔を見つめた。こんな立ち入ったことを聞かれたら、普段なら気を悪くするだろう。それなのに、なぜか今夜は、会ったばかりの居酒屋の女将に、胸の裡《うち》をすべて吐き出してしまいたかった。

「俺が高校三年の夏休みだった……」

真行は居酒屋でアルバイトを始めた。間もなく、その店をよく利用していたセミプロのロックバンドのメンバーと仲良くなった。

夏休みも終わりに近づいたある日、メンバーがパーティーに誘ってくれた。わりと有名なプロのバンドも参加するという。真行はもちろん、喜んで参加した。パーティーには《グルーピー》のような女の子も大勢やってきた。みんな目当てはプロのミュージシャンで、真行など洟《はな》もひっかけてもらえなかったが、酒を飲んで騒ぐだけで楽しかった。

数日後、真行は突然刑事に任意同行を求められ、所轄署で取り調べを受けた。パーティーに参加した某ミュージシャン二人が、女性に酒を飲ませて泥酔させ、レイプしたのだという。

まさに青天の霹靂《へきれき》、寝耳に水だった。真行自身は全くあずかり知らぬことだった。かなり長い時間取り調べを受けたが、真行が事件に関係していないことが明らかになり、帰宅を許された。

所轄署の玄関には母が迎えに来ていた。

「心配かけてごめん。でも、俺、潔白だから」

真行の言葉に、母は答えなかった。二人は無言で家路をたどった。

そして帰宅して部屋に入ると……。

「俺が長いことかかって買い集めたLPが、全部捨てられていた」

「まあ」

もちろん、真行は血相を変えて母に詰め寄った。どうしてこんなひどいことをするんだ、と。

すると母は仇《かたき》でも見るような眼で真行を見返して言った。

「こんなもの聴いてるから、こんなことになるのよ！　あんたの父親とおんなじ！」

その一言で、真行は母との絆《きずな》が断ち切られたのを感じた。

「元々おふくろは、俺がロックやレゲエにはまってるのを快く思わなかった。自分を捨てた男の音楽だから。ただ、俺のたった一つの楽しみだから、黙認していたんだろう」

空っぽになったレコード棚を見て、真行は母と縁を切る決心をした。

「俺がこの世で一番大切にしているものを、おふくろは蛇蝎《だかつ》のごとく忌《い》み嫌った。そして、ゴミみたいに捨ててしまった。俺はもう、おふくろと同じ世界に生きるのは無理だと思ったんだ」

秋穂の頭の片隅に、松本清張《まつもとせいちょう》の『半生の記』の一節が思い浮かんだ。

一九二九年三月、仲間がプロレタリア文芸雑誌を購読していたため、清張は「アカの容疑」で小倉《こくら》署に約二週間留置された。釈放時には、苦労して買い揃《そろ》えた蔵書が父によって燃やされていて、読書を禁じられた。

その時の清張の気持ちを思うと、秋穂は他人事《ひとごと》ながら涙が出そうになった。もっとも身近な人が自分の気持ちを理解せず、一番大切にしていたものを廃棄してしまったのだ。どれほど悲しく、悔《くや》しく、みじめで、情けなかっただろう。

「それは、お辛《つら》かったですね」

真行は黙って頷いた。

もし、母が素直に謝罪していたら、これほどまでにこじれることはなかったかもしれない。しかし母は自分の非を認めようとはしなかった。そして互いに売り言葉に買い言葉の応酬で、親子関係は決定的に決裂したのだった。

秋穂は真行の母も清張の父も、子供が憎くてそんな仕打ちをしたわけではないと思う。子供の身に災難が及ばないように、その一心だったはずだ。

もっとも、そんなことを言ったところで、真行の心には届かないだろう。真行にはまだ母への恨みが渦巻いているようだ。もう少し時が経《た》って、気持ちがほぐれるのを待つしかないだろう。

それまでお母さんが元気でいると良いんだけど。

「最近、レコード人気が復活してね」

真行は唐突に話題を変えた。

「流行病《はやりやまい》で売上げが増えて、ＣＤの売上げを抜く勢いだそうだ」

「まあ、そうなんですか?」

秋穂は驚いて間の抜けた声を出した。今や音楽はすべてCDで、レコードは製造中止になったと聞いたのだが。それに、流行病とは何だろう?

「まあ、俺には喜ばしいけどね。LPがないと仕事になんないし、ジャケットが良いよね。CDじゃ、あの味は出ない」

今ではLPはランディング・ページの略語になってしまったが、レコードの場合はロング・プレーの略である。かつて音楽の売上げはLPとSP(スタンダード・プレー)、カセットテープが三本柱だった。ちなみにLPはSP六枚分ほどの長さの曲を収録できる。

「A面とB面があるのも良いですよね」

「そうそう。デザインや曲想が違ってたりして。A面が終わるとひっくり返してB面をかける……。あの作業も楽しかった」

真行はレコードを載せるように指を伸ばした。

「円盤が回り始めると針を落とす。すると一分三十三回転で回る円盤が、別世界に連れて行ってくれる。音楽という名の、この世ならぬ世界だよ……」

おぼろげながら、秋穂には真行の言わんとすることが分かった。

貧しい母子家庭で、日常生活にはままならぬことが山積している。でも流れてくる音楽に身をゆだねている間は、日常のくびきから解放されて、自由な世界に羽ばたくことが出来る。少年時代の真行にとって、音楽は唯一の慰めであり、救いだったのだろう。

真行はビールを追加で注文して、もう一度店に貼られた魚拓を見回した。

「ご主人、すごい釣り師だったんだね。大物ばっかりだ」

「魚拓ですから。釣った中で一番大きい魚を選ぶんですよ。鯵《あじ》やイワシを大量に持って帰ってきたこともありました」

「イワシか。懐《なつ》かしいなあ」

真行は目を細めた。

「子供の頃、よく食べさせられたよ。うちは貧乏だったから、鯛《たい》や平目《ひらめ》なんて手が出なくてね。金がもうかったら思いっきり高級魚を食ってやろうと思ってたけど、歳取ると慣れ親しんだ味に帰っていくのかなあ。最近は妙にイワシに惹《ひ》かれるんだ」

「特に今の季節のイワシは、美味しいですもんね」

梅雨入りの頃に収獲されるマイワシは「入梅イワシ」と呼ばれる。産卵前で、一年で一番脂が乗っていて美味しいと言われている。

「入梅イワシは刺身が良いんだよ。とろけそうでさ」

真行は涎《よだれ》を垂らしそうな顔になった。

「ああ、入梅イワシ、食いたくなってきた」

「召し上がります？」

「えっ、あるの」

「あります」

「すごい。『HERO』の店みたい」

真行は冗談を言ったらしいが、秋穂には意味不明だった。

「今日スーパーに行ったら、イワシが大安売りで。他は煮たり焼いたり揚げたりしたんですけど、お刺身にも挑戦しようと思って、一尾だけ作ってみたんです。試作品ですから、お代は結構です」

「いいよ、女将さん。慈善事業じゃないんだから」

「その代わり、不細工なのは勘弁してください。ちょっと変わった取り合わせなんですけどね」

秋穂は冷蔵庫からイワシの刺身とキウイを取り出した。まずキウイを切って皿に並べ、その上に刺身を載せる。そして最後に《魔法のタレ》をかけ回し、レモンの皮をちょっぴりすり下ろす。

「キウイとイワシ？　俺、生ハムとメロンも反対なんだけど」

「まずは味見してください」

真行はイワシとキウイを恐る恐る口に入れた。その顔に、徐々に驚きが広がり、最後は満足そうな笑顔になった。

「いけるね、これ！」

キウイの甘酸《あまず》っぱさが調味料のようにイワシを包み、タレが青魚と果物の橋渡しをして、新鮮な美味しさを演出している。

「この、タレが良いのかな」

「お酒と薄口醬油とみりん、それとオレンジジュース、ハチミツ、お砂糖を混ぜて煮たんです。和食の調味料で《三同割《さんどうわり》》っていうのがありまして、それのアレンジです。本で見て美味しそうだったので、試してみました」

「いや、美味いよ。イワシは生姜醬油と決まったもんでもないんだね」

真行はその後も健啖ぶりを発揮し、ハマグリの小鍋立てとにゅう麵を平らげ、満足そうに席を立った。

「ご馳走《ちそう》さん。とても美味しかった」

「ありがとうございました」

真行は財布から一万円札を二枚抜き取り、カウンターに置いた。

「お釣りは女将さんにご祝儀《しゅうぎ》」

「お客さん、困ります。多すぎますよ」

「俺は人気商売だからね。ある時しか出せない。今度来るときはショボく飲むかもしれないけど、よろしくね」

真行はさっと片手を挙げて、店を出て行った。人気者らしく、颯爽《さっそう》としていた。

秋穂は頭を下げて真行を送りながら、なるべく早くお母さんと和解できる日が来るように、胸の中で祈っていた。

頭を上げて壁の時計を見ると、十一時が近い。

こんどこそ閉店にしよう。思いがけないご祝儀をいただいたことだし。

カウンターから出ようとすると、戸が開いて女性が入ってきた。初めて見る顔で、しかも喪服《もふく》姿だった。

「良いかしら？　お清めは済ませてきたんだけど」

「どうぞ。いらっしゃいませ」

「悪いわね。ちょっと飲み足りなくて。長居しないから」

「大丈夫ですよ。うちは閉店時間はお客様次第でやってますから」

女性も、安心したように頬《ほお》を緩めた。

六十代だろう。若く見える七十代かもしれない。

「日本酒ください。ぬる燗で」

「はい。お待ちください」

先におしぼりとお通しのシジミを出してから、秋穂は徳利に黄桜《きざくら》を一合注ぎ、薬罐に沈めた。

初めてのお客さんがみんなそうするように、その女性も壁一面に貼り出された魚拓を珍しそうに見回した。

「それ、亡くなった主人の趣味なんです。その頃は正真正銘、海鮮居酒屋だったんですけど、今はただの居酒屋で、鮮魚料理はやってないんですよ」

「大丈夫。食べてきたから、お腹《なか》いっぱいなの」

小津佳代子《おづかよこ》は胸の前で片手を振った。

斎場で通夜振る舞いをつまみ、酒も飲んだ。まっすぐ帰るつもりが、つい足が古巣へ向いて、新小岩に来てしまった。気が付けば酔いはすっかり醒《さ》めて、心は虚《むな》しく波立っている。このまま家に帰って眠れぬ夜を過ごすのはやり切れなかった。

予想はしていた。多分息子は来ているだろうと。

いや、ちがう。昔馴染《なじ》みから浮田恭一の死を知らされた時、ひょっとして息子が通夜に来るのではと思えばこそ、わざわざ出かけてきたのだ。息子に会った時を思って、事前に何通りかシミュレーションをやったのだが、結局互いに言葉を交わすこともなく、息子は斎場を出て行った。

「お待たせしました」

秋穂は燗のついた徳利と猪口を佳代子の前に置いた。

「女将さんも一杯どう？」

「ありがとうございます。いただきます」

秋穂は一礼して新しい猪口を差し出した。

佳代子は猪口を干し、カウンターに置いた。割り箸を割ってシジミをつまんだのは、店への義理のようなものだ。しかし、一粒シジミを口に入れると、その意外な美味しさに少し驚いた。

「これ、美味しいわね」

思わず声に出た。秋穂は嬉しくなって微笑んだ。

「台湾料理屋のご主人に教わったんです」

ひとくさり説明を聞くと、佳代子は「へえ」と感心した。そこで改めて女将を見ると、割烹着姿で化粧気もないが、さっぱりした人好きのする顔をしていた。年齢は五十前後だろう。

この人、きっと良い人なのね。このくらいの年になると、女も性格が顔に出るもの。

自然と溜息が漏れた。今の自分はどんな顔をしていることやら、考えると哀《かな》しくなる。

佳代子は立て続けに三回手酌で酒を注ぎ、一息で飲み干した。徳利はすっかり軽くなってしまった。

「もう一本ちょうだい」

「はい」

秋穂は徳利を薬罐に沈めてから、遠慮がちに訊いてみた。

「お客さん、よろしかったら、お出汁《だし》のゼリー、召し上がりませんか？」

「何、それ？」

「タイトルそのまんまです。お出汁をゼラチンで固めて、ぶぶあられとミントの葉っぱを載せただけ。とてもさっぱりしていて、お口がすっきりしますよ」

そう言われると、食欲が少しそそられた。ゼリーならつるりと喉を通って、胃にも溜まらない。

「美味しそうね。それ、いただくわ」

「はい。お待ちください」

秋穂は冷蔵庫からゼリーを入れたバットを取り出した。ガラスの皿に盛りながら、このお客さんはどういう人だろうと考えた。

「どうぞ」

お出汁のゼリーを出すと、佳代子はスプーンですくって口に入れた。思った通り、冷たくて喉越しが良い。素直な出汁の味にぶぶあられの食感がアクセントを添え、ミントの香りが爽やかな後味を演出している。

「ホント、さっぱりするわ」

「ありがとうございます」

秋穂はまたしても嬉しくなって微笑んだ。

佳代子はその笑顔につられて、頭に浮かんだ事をつい口に出した。

「今は、入梅イワシの季節よねえ」

「そうなんですよ。お客さん、イワシ、お好きですか？」

「大好き。青魚は全部好きだけど、イワシが一番かしら」

「イワシは世界中で食べられてますもんね。お客さんは、どんな食べ方が一番お好きですか？」

「イワシは似ても焼いても揚げても好き。全部美味しいわ。でも、今の季節のイワシなら、お刺身が良いわね」

「少しお出ししましょうか？」

「あら、あるの？」

「はい。試作品ですからお代は結構です。その代わり、不細工なのは大目に見てください」

秋穂は真行の時と同じく、キウイと《魔法のタレ》で刺身を仕上げ、佳代子に出した。

「これ、珍しいわね。イワシとキウイが合うなんて、知らなかった」

「梨《なし》も合うんですよ。食感がシャキシャキしてて」

ふと、息子に食べさせてやりたかったと思った。あの頃は忙しくて、こんなしゃれた料理は作ってやれなかった。イワシと言えば塩焼きか梅煮《うめに》だった……。

すると、突然涙があふれた。佳代子は顔をそむけたが、秋穂は何事もなかったように洗い物をした。

水道を止めてから、秋穂は言った。

「さっきまで、息子さんが同じ席に座っていらっしゃいましたよ」

佳代子はびっくりして顔を上げた。涙は引っ込んでしまった。

「とても人気のあるＤＪさんなんですね。お客さんも、苦労して育てた甲斐《かい》があったじゃありませんか」

喪服姿の一致で「もしや」と思った。年格好も親子で通用する。そして何より、佳代子の唇は真行そっくりの富士山型だった。

「息子は私を恨んでるんです」

佳代子は絞り出すように言った。

「あの子の大事にしてるレコードを全部捨ててしまったから」

あの時、佳代子の心を支配していたのは恐怖だった。息子が父親と同じ、女にだらしなくて性根《しょうね》の腐った人間になったらどうしようと思うと、体が勝手に動いてしまった。

「謝ればよかったのかもしれない。でも、あの時はそんな気になれなかった。生きていくのがやっとで、毎日が綱渡りみたいで」

「そのお言葉を、息子さんに伝えてあげたら良いと思いますよ」

「ダメよ。あの子は私を憎んでる」

「そんなことありませんよ。息子さんは今もイワシが大好物なんです」

佳代子は虚を突かれたように小さく口を開けた。

「息子さんはもう高校生じゃありません。人気者のＤＪとして長いこと活躍してきた、立派な大人です。お母さんの苦労だって、分かっているはずです」

佳代子はすがるような眼で秋穂を見た。初対面の居酒屋の女将の言うことが、どうしてこんなに心に響くのか分からない。だが、これが最後のチャンスかもしれないのだ。

「息子さんは人気者だから、電車は使わずタクシーだと思います。今お店を出れば、まだ列に並んでるかもしれませんよ」

佳代子はバッグを開けて手を突っ込んだ。

「お代は結構です。息子さんに過分に頂戴《ちょうだい》いたしました」

「ありがとう、女将さん」

佳代子は椅子《いす》から立ち上がり、小走りに店を出て行った。

どうしても息子に一言謝りたい。

定期健康診断の結果、再検査になった。もしかして癌《がん》が発見されたのかもしれない。それなら、何としても、生きているうちに謝らなくては。

ルミエール商店街の歩道に靴音を響かせ、佳代子はアーケードを抜けた。

前方にタクシー待ちの行列が見える。前から二番目に立っているのは……。

「マイク!」

佳代子の叫び声に、真行は声のする方を見た。

「マイク！」

佳代子は走り寄ろうとして、ハイヒールの踵《かかと》を引っかけ、道路に倒れこんだ。

「かあさん！」

真行は列を飛び出し、佳代子に走り寄った。


昨日行ったばかりの店なのに、どうしても見つからなかった。

ルミエール商店街の中ほどを右に曲がり、最初の角で左に折れる。路地の手前に三軒の店が並んでいた。左が「とり松」という焼き鳥屋で、右が昭和レトロなスナック「優子」。その二軒に挟《はさ》まれて、ひっそりと店を開けていたはずの「米屋」がない。目の前にあるのはシャッターの下りた「さくら整骨院」という治療院だ。

真行と佳代子は顔を見合わせた。そして「とり松」の引き戸に手をかけた。

「ごめんください」

米屋より少し広く、カウンター七席の他に四人掛けのテーブル席が二卓ある。カウンターには四人の客が背中を向けて座っていた。いずれも高齢者だと、背中の感じで分かる。

カウンターの中では七十代と思《おぼ》しき主人が炭火で焼き鳥を焼いており、同年代の女将はチューハイを作っていた。

「すみません、ちょっとお尋ねします。この近くに米屋さんという居酒屋はないでしょうか」

その言葉にカウンターの四人が一斉《いっせい》に振り返った。そして真行の奇天烈《きてれつ》な髪形と服装を見て、目を丸くした。

「昨日行ったばかりなんです。この近くのはずなのに、見つからなくて」

佳代子が言葉を添えると、四人の老人、男性三人と女性一人は、意味ありげに目を見交わした。

「米屋はもうありません。三十年近く前に、なくなりました」

一番高齢の、頭のきれいに禿《は》げ上がった老人が言った。

「女将の秋穂さんが亡くなって、閉店したんです。我々は通夜も葬式も行きましたから、確かです」

釣り師のようなポケットの沢山ついたベストを着た男性が、先を続けた。八十近くと見えるが、四人の中では一番若い。

「で、でも……」

母と息子は二の句が継げない様子で、揃って金魚のように口をパクパク開閉させた。

「ただ最近、米屋を訪ねてくる人が何人もいるんですよ。お世話になったので、一言お礼が言いたいって」

髪を薄紫色に染めた女性が言うと、山羊《やぎ》のような顎髭《あごひげ》を蓄えた男性が頷いた。

「秋ちゃんは親切で面倒見のいい人だったから、あの世へ行っても、困ってる人を見るとほっとけないのかもしれない」

事ここに至って、真行も佳代子も、自分たちの会った秋穂が、この世の人ではなかったと理解した。

「仰《おつしや》る通りです」

佳代子は深々と頭を下げた。

「女将さんのおかげで、私も息子も救われました。いずれあの世へ行ったら、女将さんには改めてお礼を言わせていただきます」

「非常に残念です。料理が美味くて雰囲気が良くて、大好きな店だった。また来たいと思ってたのに」

真行も母に倣《なら》って頭を下げた。

「それを聞いたら秋ちゃん、きっと喜びますよ。何よりの供養《くよう》です」

四人の老人は笑顔を浮かべ、互いに頷き合った。

真行と佳代子は、胸の底から温かさが広がっていくのを感じ、満ち足りた気持ちで店を出た。

第二話
ルアーはかすがい

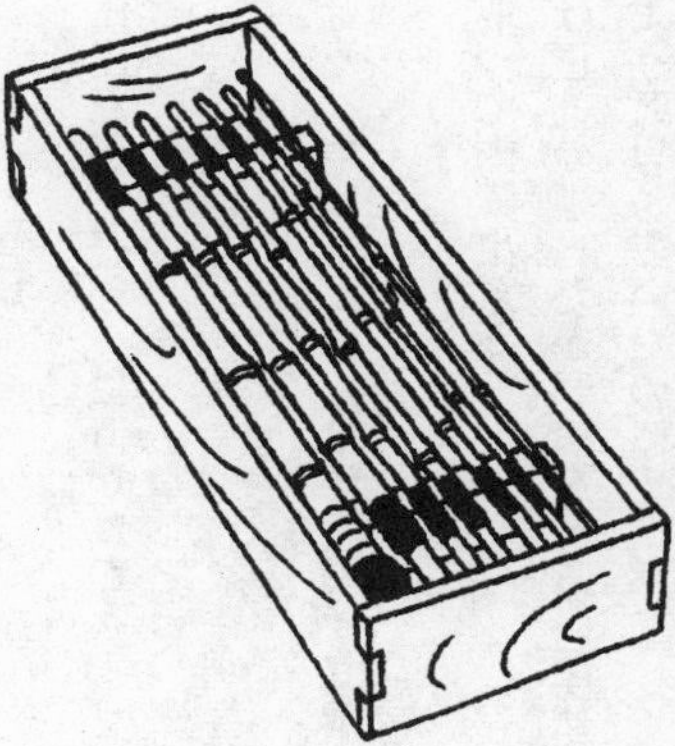

夕飯を食べ、ゆっくり風呂に入り、バスタオルで髪の毛を拭《ふ》きながら茶の間に戻った
その時、勝手口の戸の開く音がした。
「ただいま!」
正美《まさよし》の声に「お帰り!」と答えて廊下に出たが、三和土《たたき》に置かれたクーラーボックス
を見た瞬間、いやな予感に襲われた。
「いやあ、釣果《ちょうか》がすごくてさ」
正美はでれでれと相好《そうごう》を崩して蓋《ふた》を開けた。中はあふれんばかりのイシモチで埋まっ
ている。
「一応、港でシメてはきたんだけど、鱗《うろこ》取って内臓出さないと」
正美は得意そうに言う。魚をさばくのは正美の担当だが、鱗を取るのは秋穂《あきほ》の役目だ
った。せっかく風呂上がりでのんびりしようと思っていたのに……。
「そんなら、もっと早めに帰ってきてよ!」

文句を言ったところでハッと目が覚めた。

いつの間にかうたた寝をしていたらしい。ちゃぶ台から顔を上げて周囲を見回したが、いつもと変わらぬ風景があるばかりで、正美は影も形もない。当たり前だが。

壁の時計は四時半を指している。そろそろ店の仕込みにかからなくてはならない。

秋穂は仏壇の前に座りなおし、蠟燭《ろうそく》に火をつけて線香を立てた。遺影に向かって手を合わせ、目を閉じると、昨日のことのように記憶が甦《よみがえ》った。

あれはまだ、米屋《よねや》を始める前だったわねえ。あなたは休みが取れた時は釣りに行って、どっさり魚を抱えて戻ってきた。それも、いつも私がそろそろ寝ようかという頃になって。わざとやってるのって、嫌味を言ったわよね。

教職は激務だったから、二人とも日曜日もおちおち休めなかった。それでも盆と正月など、少しまとまった休みが取れると、正美は真っ先に釣りに出かけた。それが唯一の楽しみだから、秋穂も快く送り出したのだが、就寝時間ギリギリになって、山のような魚を抱えて帰ってくるのには閉口した。

でも、それがあったから、米屋を開店したのよね。

秋穂は目を開けて遺影に語り掛けた。葬式に使った遺影だが、黒の背広姿ではなく、釣りに行くときの格好をしている。それが一番正美らしい姿で、秋穂も大好きだったからだ。

でも、ちょっと悔《くや》しい。

亡くなって十年になる。正美は十年経《た》ってもあの頃のままなのに、秋穂は十年歳を取った。

ずるいわね。不公平よ。

ちょっぴり憎まれ口をたたいてから、秋穂は蠟燭の火を消し、立ち上がった。

葛飾《かつしか》区新小岩《しんこいわ》は、旧国鉄新小岩駅の開設に伴って発展した。

一九二六年に設置された新小岩信号場が、二年後に駅に昇格し、新小岩駅となった。当時の周辺地名が「小松《こまつ》」だったため、地元住民からは「小松」の地名を使った駅名に変更を求める声もあったが、既に切符や駅名表示板の印刷が終わっており、変更には多額の費用がかかることから、要望は見送られた。その後、昭和四十年代に実施された住居表示では、周辺の地名も駅名に合わせて新小岩・西新小岩・東新小岩と改められた。

一九四四年には周辺企業等への通勤の便を考慮して北口が設置され、一九七二年には複々線化も進んで総武《そうぶ》線快速の停車駅となった。

その後も増え続ける人口と発展を続ける周辺地区に合わせ、駅の改築・改良は進み、二〇二三年の冬には遂に「（仮称）新小岩駅南口駅ビル」が完成する予定だ。

今の新小岩の姿からは、一九四五年の三月十日の空襲で被災したことや、一九五六年に違法な航空訓練を行った米軍機が北口付近の住宅地に墜落して爆発炎上し、危うく大火災を起こしそうになったことなど、想像すら出来ない。

しかし、人に歴史があるように、町にも歴史がある。

新小岩と共に歩んだもっとも幸せな歴史の証人は、ルミエール商店街だろう。もちろん、アーケードが架けられて「ルミエール」の名が冠される前から、商店街はあった。それでも新小岩が大きく発展する過程に寄り添い、共に発展し続けた伴走者として、第一の候補はいずれかと問われれば、多くの地元住民はルミエール商店街の名を挙げるに違いない。

長いこと、新小岩のランドマークと言えばルミエール商店街だった。これからどんなに立派な駅ビルが出来ても、ルミエール商店街の価値が減ずることはない。何故《なぜ》なら東京の下町新小岩の、人情味と猥雑《わいざつ》さの混じった魅力のすべてが、ここにあるのだから。

ルミエール商店街を中ほどまで歩いたところで右に曲がり、最初の角を左に曲がった路地に、米屋はある。向かって左を「とり松」という焼き鳥屋、右を昭和レトロなスナック「優子」に挟《はさ》まれて、ひっそり建っている何の変哲もない、小さな居酒屋だ。

夕方六時になると、女将《おかみ》の米田《よねだ》秋穂は店を開ける。暖簾《のれん》を表に出し、軒先にぶら下げたやや控えめ……というより貧弱な赤提灯《あかちょうちん》の電源を入れ、入り口に「営業中」の札をかければ、準備万端整った印だ。

もっとも女将がワンオペでやっている居酒屋だから、大したものは出せない。酒類はホッピーとサッポロの中瓶《ちゅうびん》、チューハイはプレーンとレモンとウーロン茶の三種類、ハイボールに黄桜《きざくら》の一合と二合。料理だって自慢できるのは開店以来注《つ》ぎ足しの汁で煮込んだ煮込みくらいだ。

ところが最近、女将は料理に目覚めたのか、あれこれ工夫して、お安いなりに工夫したものをこしらえるようになった。それを目当てに常連さんも常にも増して足しげく通うようになり、時にはありふれた居酒屋には相応《ふさわ》しからぬ一見《いちげん》さんまで訪れたりする。

そんなわけで今日も今日とて……。

「こんちは〜」

入り口のガラス戸を開けて、口開けのお客さんが入ってきた。釣具屋の主人、水《みず》ノ江《え》時彦《ときひこ》だ。

「いらっしゃい」

軽く応じた秋穂は、続いて入ってきた男の顔に、あっと息を呑《の》んだ。

「岩井《いわい》さん！」

岩井和久《かずひさ》は、亡夫正美のかつての釣り仲間の一人だ。

「今日、ひょっこり店を訪ねてくれてさ。で、せっかくだから秋ちゃんの店に連れてこうって思って」

「どうも、すっかりご無沙汰《ぶさた》してます」

岩井はぺこりと頭を下げた。十年以上会っていないが、白髪《しらが》が増えた以外はほとんど変わっていない。顔は相変わらず良い色に焼けている。今も釣りに精を出しているのだろう。

「飲み物、どうする？」

「俺、ホッピー」

時彦が注文を告げると岩井は申し訳なさそうに言った。

「あのう、その前に、正美さんにお線香あげさせてもらっていいかな？　葬式にも行けなくて」

岩井は肩をすぼめて目を伏せた。

「ありがとう、喜ぶわ。二階なの」

秋穂は時彦に「ちょっと待ってね」と断って、岩井を先導して階段を上った。

「あなた、岩井さんが来てくれたわよ」

明るい声で告げて仏壇の前に座り、蠟燭に火を灯《とも》すと、岩井に一礼して席を立った。

二人きりで積もる話もあるだろう。

店に戻ると、時彦が所在なさそうに頰杖《ほおづえ》をついていた。

「おじさん、ごめんね」

時彦は首を振り、気軽に言った。

「なあに。俺もうっかりしてたよ」

秋穂はおしぼりを出してからジョッキに焼酎《しょうちゅう》を注ぎ、ホッピーの栓を抜いて出した。

時彦がホッピーを注いでいる間に、シジミの醬油《しょうゆ》漬けを二人分、小皿によそった。ご常連さんにはおなじみだが、岩井には初めての味だ。

「岩井さん、アメリカでどうなの？」

秋穂は声を落として尋ねた。

「かなり良いらしいよ」

時彦は屈託のない口調で答えた。

「金持ちの客が結構ついてるらしい。向こうじゃあんまりやらない治療みたいで、珍しがられたんだろうって言ってたけど。さっき、雑誌に載ったのを見せてくれたら、見開きでさ。仕事場も広くてきれいで、豪華な感じだった」

「そう。良かったわ」

岩井がアメリカに渡って整体師になると言ったときは、正直、正美と釣り仲間は心配した。当時の岩井は小さな商社の社員で、整体の仕事とは無関係に思えたし、息子はまだ小学生だった。いくら英語が得意だからと言って、頼る人のいないアメリカで何かあったらどうするのか。誘ってくれたアメリカ人の実業家が食わせ者だったら、それこそ取り返しのつかないことになる……。

そんなわけで、仲間内では「やめた方が良いのでは」という雰囲気だったのだが、岩井は妻子を連れて渡米した。あれから十年ちょっと。その間に大成功したなら、スピード出世だ。こんなめでたいことはない。

時彦がシジミをつまみながらホッピーを半分ほど飲んだところで、岩井が二階から下りてきた。

「すみません。長々と」

岩井の目の縁は少し赤くなっていた。秋穂は見ないふりをしておしぼりを渡した。

「お飲み物、どうします？」

「じゃ、僕もホッピー」

時彦の方を見てジョッキを掲げた。

「アメリカじゃ呑めないもんな」

「まったくです」

岩井は笑顔になり、時彦とホッピーで乾杯した。美味《うま》そうに三口ほどでジョッキを置くと、今度は懐《なつ》かしそうに店の中を見回した。

「昔とちっとも変わらないね」

秋穂は苦笑しながら首を振った。

「それが大いに変わったのよ。今は海鮮の看板は下ろしちゃった。あの人がいないと新鮮な魚が手に入らないし、それに、私、魚おろせないから」

「それは……大変だったね」

もしかして「残念だった」と言いたかったのかもしれないと思いながら、秋穂は笑って頷《うなず》いた。

「ところが、秋ちゃんの料理もバカにしたもんじゃないよ。前は海鮮一本やりだったけど、今は結構しゃれたもん出すんだ。試しにこのシジミ、食ってみ」

時彦がシジミの醤油漬けを指さすと、岩井は素直に箸《はし》を伸ばして口に入れた。

「美味《おい》しいね」

「だろ？」

時彦は自分の店を自慢するように、にんまりとした。

「もう、簡単なものだけしかやらないの。こんなのとか」

秋穂は新しいつまみの小皿を二人の前に置いた。

「これは？」

「クリームチーズと奈良《なら》漬け。意外とお酒に合うのよ」

クリームチーズに薄く切った奈良漬けを載せ、てっぺんにレーズンを飾っただけの一品だが、日本酒にもワインにも合う。

「チーズと奈良漬けねえ」

出すのは初めてで、時彦も初対面だ。幾分疑わしげな顔で口に入れたが、嚙《か》み締めると目を細めた。

「なるほど、イケる。これなら日本酒かなあ」

岩井も口どけを味わいながら、大きく頷いた。

「クリームチーズとドライフルーツを合わせたカナッペは、アメリカじゃよくお目にかかるけど、これはそれに相通じるね」

秋穂は冷蔵庫から作り置き料理の容器を取り出した。

「これ、箸休めね。さっき作ったばっかり」

小さめの器に盛って出した。

「キュウリ?」

「そう。ザーサイと炒《いた》めたの」

「キュウリを炒めんの?」

時彦は腑《ふ》に落ちない顔になって器を覗《のぞ》き込んだ。

「日本じゃキュウリは生で食べるけど、中華じゃ結構、火を通した料理があるのよ」

「ああ、チャイニーズレストランに、キュウリの炒め物あるよね」

岩井はキュウリとザーサイ炒めを口に運んだ。

キュウリと粗《あら》みじんに切ったザーサイ、生姜《しょうが》の千切りをゴマ油で炒め、醤油を垂らして塩胡椒《こしょう》で味を調えたこの料理は、酒の肴《さかな》にもご飯のおかずにもなる。冷蔵庫で六日間保存可能なのが、秋穂には嬉《うれ》しい。

「キュウリがシャキシャキしてて美味いね」

「キュウリは最後に入れて、さっと炒めて火を止めるの」

「こいつはやっぱり酒だなあ」

半信半疑だった時彦も、せっせとキュウリをつまんでホッピーを飲み干した。

「中身、お代わり」

「はあい」

秋穂がジョッキを受け取ると、時彦は椅子《いす》から立ち上がり、岩井に言った。

「ちょっと店に行ってくる。すぐ戻るから、待っててくれな」

「おじさん、どうしたの？」

「野暮用を思い出した」

時彦は秋穂にさっと手を振ると、店を出て行った。

「どうしたのかしらね」

米屋から水ノ江釣具店まではほんの一跨《また》ぎだが、これまで米屋で呑んでいる最中に、中座して店に戻ったことなどない。

「急に何か思い出したんだよ。年取ると、忘れっぽくなるから」

岩井は秋穂に向き直り、改まった口調で言った。

「今更だけど、お葬式にも出られなくて、すみませんでした」

深々と頭を下げるのを、秋穂はあわてて押しとどめた。

「とんでもない。こちらこそ奥様からご丁寧《ていねい》なお手紙とお香典《こうでん》を頂戴《ちょうだい》して、恐縮です。

岩井さんだって一番大変な時だったのに」

正美が亡くなったのは、岩井一家が渡米してから一年ほど後のことだ。新しい仕事を軌道に乗せるために、必死になっていた頃だろう。その大変さは、秋穂にも想像がつく。

岩井は激しく首を振った。

「僕は正美さんには、言葉に出来ないほど世話になった。正美さんが釣りに誘ってくれなかったら、僕は前の会社に耐えられなくて、もっと早く、何の目算もないままに辞めていたかもしれない。いや、その前に精神的なダメージでおかしくなっていた。正美さんと出会って、釣りの楽しさを教えられて、それで救われたんです」

岩井の声には、胸に湛《たた》えた深い想いがこもっていた。

「どんなに上司が嫌な奴でも、どんなに仕事が理不尽でも、それは会社にいる間だけのこと。休みになれば釣りに行ける。大海原に繰り出して、釣り糸を垂れれば別世界が広がる。渓谷《けいこく》に分け入って竿《さお》を振るっても、自分だけの世界に没頭できる。そして竿をしまえば、見知らぬ釣り人とも気軽に冗談を言い交わせる。一緒に釣り船に乗り合わせた仲間なら、宿に帰って釣果を肴に、飲めや歌えの宴《うたげ》が開ける。その楽しいひと時が、僕の心を救ってくれました。そして、新しいチャレンジに向かう勇気を与えてくれたんです」

岩井の話で、秋穂も長年の疑問を口に出した。

「前からお訊《き》きしたかったんだけど、岩井さん、どうして整体のお仕事を始めたの？商社マンだったのに、全然畑違いよね」

「まあね。ただ、整体には昔から馴染《なじ》みがあったんだ」

岩井はホッピーを飲んで喉《のど》を潤し、先を続けた。

「うちのおふくろがひどい腰痛もちで、病院の整形外科に通ったけど少しも良くならない。そうしたら女学校時代の親友が、すごく上手《うま》い整体の先生がいるって紹介してくれて……」

何回か治療に通ううちに、ひどかった母の腰痛は治癒《ちゆ》した。

「その先生が、野口晴哉《のぐちはるちか》先生の設立した『整体協会』で指導を受けた人で、母を野口先生の講習会に誘ってくれたんだ。母は僕を一緒に連れて行った。まだ幼稚園で、一人で留守番させるわけにいかなかったんだ」

野口晴哉は整体術の開祖と称される人物で、自身の体験を基に、古今の健康法や療術を研究し、「愉気《ゆき》」と「活元《かつげん》運動」を主体とする療術を開発した。その後、治療理念の確立、諸療術の体系化を図る「整体操法」をまとめ上げ、昭和二十二年には整体操法の指導者育成機関として『整体操法協会』を設立した。

昭和二十年代後半から、病を治すことよりも人間本来の力を引き出して健康に導く活動に重きを置くようになった。

昭和三十一年、そうした健康観に基づく体育団体『社団法人整体協会』を文部省（現文部科学省）の認可を受けて設立し、個人指導のほか活元運動の普及、愉気法など様々な整体法の講習会を全国各地で開いた。

「おふくろが連れて行ってもらったのも、そういう講習会だった」

母は講習の内容に興味を持てなかったが、子供の岩井は興味津々《しんしん》で、その後も母にせがんで講習に連れて行ってもらい、門前の小僧よろしく、見るもの聞くものを片っ端から覚えていった。

「おふくろの体質が遺伝したのか、僕も高校生の頃から腰痛に悩まされるようになって、整体に通うようになった。すると、あの頃の様々な記憶がよみがえってきて、今、先生がどういう治療をしているのか、興味が湧《わ》いた」

その整体師もかつて整体協会の講習会に参加していたので、親切に色々と教えてくれた。

「僕は手先が器用な方なんで、ツボの場所とか、力の入れ方なんかも分かるようになった」

やがて大学を卒業して商社に就職した。すると、完治したはずの腰痛が再発した。

「きっとストレスが原因だったんだね。心と身体は一体だから、心が疲弊《ひへい》すると体にも影響したんだ」

「岩井さんは、入社した最初から、会社と合わなかったのね」

「うん。たまたま高校生の時、一年アメリカに留学して、ある程度英語が出来たんで採用されたんだけど、商社の仕事は僕には向いてなかった。というより、新しい上司が事あるごとに僕につらく当たって、毎日針のむしろだったよ」

前任者は良識のある人だったが、新しい上司は辣腕《らつわん》ぶりを発揮して出世してきた人で、部下に対しても容赦《ようしゃ》がなかった。

「今にして思えば、上司は僕が特別嫌いだったわけじゃないと思う。職場で誰かひとり標的を決めて、そいつを苛《いじ》め抜いて、みんなを震えあがらせるのが目的だったんだろうね。『お前らもこうなりたくなかったら頑張れ』って、見せしめにしたんだよ」

事実、岩井が退社した後は、同僚の一人が生贄《いけにえ》にされたという。

「ひどい……。それ、上の人は何にも言わないの？」

「業績がものをいう世界だからね。仕方ないよ」

今で言うパワハラだが、今も昔も見て見ぬふりでパワハラ上司を野放しにする、管理責任を果たさない会社は存在する。

「ちっとも知らなかった」

あの頃、米屋で呑んでいる岩井はいつも楽しそうで、酔って愚痴《ぐち》を言うことなどなかった。

「言わなかったからね。だって、釣りも米屋も最高に楽しかった。そんな時に、いやな奴のことなんて、思い出したくもなかったよ」

「岩井さん、えらいわ。普通、人間、愚痴りたくなるもんよ」

岩井は小さく笑って首を振った。

「正美さんのおかげだよ。釣りの楽しみと、米屋で呑む楽しみを教えてくれた」

秋穂は思い切って尋ねた。

「会社を辞めようとは思わなかったの？」

「……息子も生まれてたしね。それに、僕は会社を辞めてやっていく自信がなかった。日本は新卒が有利だから」

鬱々《うつうつ》とした日を送る岩井に転機が訪れたのは、アメリカから得意先の社長が来日した時だった。

岩井の上司は客人の接待を任され、その際通訳として岩井を指名した。部署で一番滑らかに英語を話せるのが岩井だったからだ。

「シュナイダーさんという恰幅《かっぷく》の良い人だった。僕はひと目見て、腰痛があるんじゃないかと思った。姿勢とか歩き方で、何となく分かるんだ」

案の定、空港からホテルに向かう車の中で、シュナイダーは苦しみだした。上司は予想外の事態に、狼狽《うろた》えるばかりだった。

岩井は助手席から身を乗り出して英語で言った。

「大丈夫です。私が治します。隣の席に移っていいですか?」

否《いや》も応もない。岩井は上司を押しのけるようにして、後部座席に移動した。そして、それまで受けた施術、自身で身につけた技術を総動員して、シュナイダーの治療に当たった。

患部には直接触らず手をかざすだけで、まず掌《てのひら》のツボを刺激した。それだけでシュナイダーはずいぶん楽になったようだった。

次に、靴と靴下を脱いだ、裸足《はだし》の状態で触らせてほしいと頼んだ。欧米人にとっては抵抗のある頼みだったろうが、岩井の施術で激痛が和《やわ》らいでいたこともあり、シュナイダーは素直に従った。

岩井は丁寧に足のツボを刺激した。

そしてすべての施術が終わった時、シュナイダーは目に涙を浮かべて言った。

「信じられない、まるで神の手だ。ありがとうミスター岩井、感謝の言葉もない」

こうしてシュナイダーの滞在中、岩井は同じホテルに宿泊し、朝晩施術をすることになった。その効果はてきめんで、シュナイダーは毎日ご機嫌で、大口取引の契約をしてくれた。

帰国前夜、シュナイダーは岩井に言った。

「カズ、私と一緒にアメリカに行こう。そしてロサンゼルスにクリニックを開くんだ。資金は私が出す。君のようなゴッドハンドには、もう会えまい。それを思うと耐えられない。私だけでなく、腰痛で悩むすべての人々のために、アメリカに来てくれ。そして君のゴッドハンドで救ってくれ」

岩井は考える間もなく「はい」と答えていた。

「どうしてあんな申し出を即決したのか、自分でも分からない。でも、これしかないと思ったんだ。シュナイダーさんを治療するうちに、自分の腕に自信がついたのかもしれない。それとも、あの上司の下にいるのが、もう限界だったのかもしれない」

いずれにしても岩井は決断した。さすがに翌日は無理だったが、会社に辞表を出し、妻子とともに支度を調え、一か月後にロサンゼルスに渡った。

シュナイダーは全米でも長者番付の上位にランクされるほどの金持ちで、口に出した約束はすべて守ってくれた。ロサンゼルスの一等地にクリニックを開き、大物の顧客を何人も紹介してくれた。口コミが広がり、来院するお客さんは増え続け、岩井は街の名士の一人に数えられるまでになった。

「……良かったわね」

秋穂は心の底から祝福した。

「でも、不安はなかったの？　もしかしてうまくいかなかったら、とか」

岩井はきっぱりと首を振った。

「おかしなもんだね。会社にいた時はあんなにうじうじしてたのに、アメリカで整体をやろうと思った途端、すべてのしがらみが消えた感じなんだ。整体をやる、その一心で、失敗したらなんて、露《つゆ》ほども思わなかった」

「人が心底やりたいことに出会った瞬間って、そうかもしれないわね。考えてみれば、私と正美さんが学校を辞めて米屋を始めるときも、あっという間に決まっちゃったわ。二人とも全然迷わなかったし、心配もしなかった」

「そうだよ」

岩井は大きく頷いて、にっこり笑った。

「それに、ロサンゼルス近郊は絶好の漁場なんだ。メバル、オコゼ、サバ、カツオ、色々釣れるんだよ」

岩井は大きさを示すように両手を広げた。

「今も釣りに行ってるのね」

「もちろん。休みは釣り三昧《ざんまい》だよ。アメリカの釣り場はほとんど行ったけど、フロリダ半島が一番かな。〝フィッシング キャピタル オブ ザ ワールド〟って呼ばれてるくらいで、大西洋とメキシコ湾に挟まれてて、内陸部には湿地帯が北から南まで帯のように広がってるから、海水魚から淡水魚まで、色々釣れるんだ。海はスヌーク、ターポン、カジキにマグロ、湖はフロリダバスやピーコックバス……」

楽しそうに釣りの話をする岩井は幸せそうで、日焼けするのは当然だった。

そこへ、時彦が細長い風呂敷包みを抱えて戻ってきた。

「悪い、悪い。選ぶのに時間がかかって」

時彦は元の椅子に腰を下ろすと、膝《ひざ》に載せた風呂敷包みを開いた。中は平べったい長方形の木箱で、蓋を開けると現れたのは……。

「和竿《わざお》！」

カウンターから身を乗り出して覗き込んだ秋穂は、思わず一オクターブ高い声を上げた。

長さ六十センチ余りの箱には、漆塗《うるしぬ》りの竹の竿が七本並んでいた。左から右にかけて徐々に細くなってゆく。

「これ、進呈するよ。アメリカに持っておいで。七本継ぎの鮒竿《ふなざお》だ。穂持ちのすげ込みにほんの少し欠けがあるが、継いだ時に障《さわ》りはないから」

岩井はあわてて手と首を同時に振った。

「とんでもない！　もらえないよ、とても。おじさんのお宝じゃない」

時彦は胸を張った。

「バカにしなさんな。俺のお宝は他にもあらあな」

そして真顔になって言葉を継いだ。

「アメリカに鮒がいるかどうか知らないが、同じくらいの大きさの魚には使えるんじゃないかな」

岩井は和竿に視線を移した。明らかに目が輝いている。

江戸和竿は最低でも三年寝かせた竹で作られ、釣る魚の種類ごとに専用の竿がある。更に手元から先端まで、布袋竹《ほていちく》、矢竹《やだけ》、淡竹《はちく》、真竹《まだけ》など異なる種類の竹を継ぎ合わせ、一本の竿を組み立てる。このような継竿は折れたりした場合もその部分だけ挿《す》げ替えればよく、簡単に修理出来て、長く使い続けることが出来る。

天然の漆塗りが施されている点も特徴の一つで、そのため耐久性に優れるだけでなく、見た目の美しさも抜群だ。竿によっては装飾を施したものもあり、釣りを趣味で楽しむ大名などは華麗な装飾を競い合うこともあった。

時彦が水を向けるように尋ねた。

「和竿で釣ったことはないだろ?」

「はい」

「今の進んだ技術で作ったカーボンやグラスファイバーの竿の方が優秀だと思ったら、大間違いだ。和竿は使うほど手に馴染んでくる。竹のしなやかさで、竿が曲がっても魚に違和感を与えない。それだけじゃない。《魚信《ぎょしん》》が抜群なんだ。魚が餌《えさ》に食いつくときの感触が、しっかり手元に伝わってくる。グラスファイバーじゃ、あの感触は味わえない」

岩井の目は和竿に吸い寄せられたようになっていた。

「和竿の魚信を味わえば、カーボンやファイバーでも魚信に敏感になる。魚信を極めれば、水の流れも手元に伝わってくるようになるよ」

「でも……」

岩井はためらいがちに目を上げたが、時彦は笑顔で言った。

「かずちゃんはよく釣りに行くからさ。この竿も俺が簞笥《たんす》の肥やしにしてるより、かずちゃんに使ってもらった方が喜ぶと思うんだ」

釣り竿に「簞笥の肥やし」という言い方は間違っているのかもしれないが、時彦がほとんど釣りに出かけないのは事実だった。

「岩井さん、お言葉に甘えて頂戴しちゃいなさいよ。せっかくのおじさんの気持ちなんだから」

「秋ちゃんの言う通り。俺は、かずちゃんがこの竿を使うたびに、俺や日本のことをチラッとでも思い出してくれたら、それで満足だよ」

岩井は深々と頭を下げた。

「おじさん、秋穂さん、ありがとうございます。この素敵な江戸和竿、大事に使わせていただきます」

秋穂は一本締めのように、ポンと手を打った。

「お二人とも、煮込み食べない？」

岩井が明るい声で答えた。

「もらいます。懐かしい、絶品の煮込み」

秋穂は小鉢《こばち》を二つ出し、煮込みをよそった。

岩井は一口食べて、嬉しそうに言った。

「美味い。この味、変わらないね」

「前よりちょっぴり美味しくなってるかも。十年余分に煮込んでるから」

「そう言われてみれば、十年分、美味い」

三人は声を合わせて小さく笑った。

その時、入り口の引き戸が開いて、若い女性が顔を覗かせた。初めて見る顔だった。

「良いかしら？」

「はい。どうぞ、空《あ》いてるお席に」

秋穂が笑顔で答えると、女性は店に足を踏み入れ、一番端の席に腰を下ろした。年の頃は二十代半ばで、地味なワンピースを着て同系色のショルダーバッグを下げている。会社員か公務員といった感じだった。

秋穂はおしぼりを差し出し、飲み物の注文を訊こうとしてためらった。女性が見るからに意気消沈していて、今にも泣き出しそうに見えたからだ。

いったい、何があったの？　それに、どうしてうちに入ってきたのかしら。

米屋のような常連相手のショボい居酒屋に、一見の若い女性客がふらりと立ち寄ることなど、普通はない。

秋穂はレモンハイを薄めに作り、黙って女性の前に置いた。勝手に出したので、お代を取るつもりはなかった。

秦野《はたの》環奈《かんな》は前に置かれたレモンハイに気づき、ジョッキを手に取って一口飲んだ。すると、飽和状態にあった水分が外に滲《にじ》みだすように、両の瞼から涙があふれた。環奈はおしぼりで顔を覆ってうなだれた。

会社を出た途端、真壁《まかべ》迅《じん》からメールが入った。喜びに震えながら画面を見ると、週末は仕事の都合で会えない、とあった。その事務的な文言以外に、「ごめん」とか「代わりに次の○曜日に」といった類《たぐい》の言葉は、一切添えられていなかった。

環奈の頭の中に浜田《はまだ》省吾《しょうご》の「もうひとつの土曜日」が流れ始めた。生まれる前に流行《はや》った懐《なつ》メロだが、亡くなった母がファンで繰り返し聴いていたので、環奈も子供の頃から親しんでいた。最近は毎日頭の中で流れるようになってしまった。

あの曲に歌われているヒロインは、自分そっくりだと思う。

毎日満員電車に揺られて通勤し、無味乾燥な仕事で魂をすり減らす。愛する人と過ごす週末のわずかな時間だけを心の拠《よ》り所として、彼女は生きている。それなのに恋人は不実で、電話一本かけてくれなくなった……。

迅も私を捨てようとしているのだろうか？　もしそうだとしたら、とても耐えられない。十年一日《いちじつ》のルーティンワークと、味気ない日常生活の積み重ねに。迅のいない日常なんて、何の希望もなく、何処《どこ》までも続く灰色の道を歩くようなものだ。

家はルミエール商店街を抜けた先にある。心乱れたまま父親と顔を合わせるのが嫌で、居酒屋に入った。自分を知っている人間に会いたくなくて、知らない店を選んだ。たまたま目の前にあったのが米屋で、いかにもオヤジ連中が行きそうな店だと思ったが、他の店を探すのが面倒で入ってしまった。

案の定、女将も先客の二人も、この先一生関わり合いを持ちそうにない類の人たちだった。店中にベタベタ魚拓が貼ってあるので、焼き魚くらいはメニューにあるだろう。

やっと涙が止まって、環奈はおしぼりでごしごしと目を拭《ぬぐ》って顔を上げた。すると、店の女将が何事もなかったような顔で言った。

「お腹《なか》、空《す》いてます？」

環奈は無意識に腹に手を置いた。今日は……いや、今日も気分が沈んでいて、昼食はコンビニのサンドイッチを一切れ食べただけだった。女将の一言で、急に腹がへってきた。環奈は黙って頷いた。

「うちは煮込みが自慢なんですけど」

環奈はあわてて首を振った。

「私、内臓系ダメなんです」

秋穂は一瞬「系って言うか？」と違和感を覚えたが、顔には出さずに言葉を続けた。

「それじゃ、春雨スープなんか如何《いかが》ですか？　中華風で、海老《えび》と野菜がたっぷり入ってます」

「それ、ください。スープ春雨、好きなんです」

「すぐ出来ますからね。その前に、これ、おしのぎでどうぞ」

秋穂はシジミの醬油漬けと叩きキュウリを出した。

春雨スープはフリーザーバッグに入れて冷凍しておいたスープの材料を、解凍せずに鍋《なべ》に入れ、鶏《とり》ガラスープとゴマ油、塩少々を加えて煮れば出来上がる。

岩井がカウンター越しに首を伸ばし、鍋を覗き込んで言った。

「秋穂さん、僕もシメにはそれください」

「はい、はい。おじさんは？」

「そうだな。俺も付き合うよ」

一方の環奈は、何の気なしにつまんだシジミの醬油漬けと叩きキュウリが美味しいので、意外な気がした。少し驚いていた。

秋穂は新しいつまみを作って、岩井と時彦に出した。

「アボカドの梅《うめ》ぽん酢。海苔《のり》で大葉《おおば》と一緒に巻いて食べてね」

一口大に切ったアボカドに梅干しを混ぜたぽん酢をかけ、刻んだ茗荷《みようが》を載せる。別皿に大葉と焼き海苔。海苔で巻いて食べると、アボカドと海苔の相性の良さに驚かされる。

時彦も岩井も一口食べて目を丸くした。

「こりゃイケる！」

「アメリカでもやってみるよ。アボカドの食べ方の中でもベストスリーに入る」

環奈はちらりと横目でアボカドの皿を見た。

「女将さん、私にもあれ、ください」

「はい。少しお待ちください」

アボカドを半分に切って皮を剝《む》いているうちに、鍋が沸騰《ふっとう》してきた。秋穂はガスの火を緩《ゆる》め、先に海苔巻きを仕上げて出した。

「ほんと、美味しい。海苔とアボカドって、合うのね」

環奈は空《から》になったジョッキを指して、お代わりを頼んだ。

秋穂はレモンハイを作りながら言った。

「アボカドって、ちょっとマグロのトロに似てますよね。鉄火巻《てつかま》きが美味しいから、アボカドも海苔に合うんだと思いますよ」

アボカドとトロを並べられて、環奈は怪訝《けげん》そうな顔をした。

「昔、南半球に赴任した商社マンは、トロが食べたくなったら、アボカドを代用にしてたそうですよ」

「へえ」

環奈は二杯目のレモンハイで喉を潤した。アボカドが「森のバター」と呼ばれることは知っているが、まさかトロの代用にされたとは夢にも思わなかった。世界中どこでも「スシ」が食べられる時代に生まれ育っているので、外国で和食を食べるのに苦労した時代があったことなど、想像できないのだ。

「お待ちどおさまでした。熱いからお気を付けて」

出来立ての春雨スープのどんぶりが目の前に置かれ、ほのかなゴマ油の香りが鼻先をくすぐった。環奈はゆっくりと香りを吸い込み、まずレンゲでスープをすくって飲んだ。海老と野菜とキノコから出汁《だし》が出ていて、素直な淡い旨味が口に広がった。

環奈はスープ春雨を啜《すす》っては、途中でアボカドを海苔で巻いて食べ、二つの料理をほぼ同時に平らげた。

「ああ、美味しかった」

すっかり満足して余裕が生まれ、環奈は改めて店内に貼られた魚拓を眺めた。

「このお店、海鮮が売りなんでしょ？」

秋穂は苦笑を浮かべて首を振った。

「残念でした。あれは亡くなった主人の趣味なんです。元気だったころは、主人が釣ってきた新鮮な魚介を出してたんですけど、今はご覧の通り。煮込み以外はお手軽なものばっかりです」

環奈は大きく首を振った。

「そんなことないわ。どれもすごく美味しかった。女将さん、料理のセンスが良いのよ。何処にでもある材料で、しゃれたお料理を作れるんだから」

カウンターの横では、時彦と岩井も大きく頷いている。

「ありがとうございます。そんなふうに言っていただけると、励みになります」

秋穂は微笑《ほほえ》みを浮かべて小さく頭を下げた。再び頭を上げた時には、表情が引き締まっていた。

「お嬢さん、余計なことだとは思うけど、何か心配事がおありのようですね」

心配事レベルでないことは想像がつくが、敢《あ》えてそう言った。

「差し支《つか》えなかったら、少し事情を話してもらえませんか？　ここにはお嬢さんの倍以上生きてきた人間が三人いますから、少しはお役に立てるかもしれません」

三人寄れば文殊《もんじゅ》の知恵ということわざを、若い環奈は知らないかもしれない。だが、親身な気持ちは伝わるのではないかと期待した。

環奈は何故か、すべてを打ち明けてしまいたい衝動に駆られた。赤の他人にプライバシーを打ち明けるなど、不適切極まりないことは百も承知だ。しかし、この先一生会うことのない赤の他人だからこそ、打ち明けてしまいたい気持ちもまた、存在する。

環奈は女将と先客の顔を見回した。

女将は五十くらい。ノーメークだがすっきりした人好きのする顔をしていた。先客は七十代と五十代の男性。七十代の方は、環奈の父も愛用している釣り師のベストを着て、何とも人の良さそうな顔をしている。五十代は知性的で落ち着いた雰囲気だった。

環奈は秋穂を見て、亡くなった母のことを思い出した。この女将と同年代だ。

「浜田省吾の『もうひとつの土曜日』って知ってます？」

秋穂は声を弾ませた。

「もちろんですよ。良い曲ですね。私の友達が浜田省吾の大ファンで、アルバム全部持ってるし、持ってきて私にも聴かせるの。だから歌詞も覚えちゃったわ」

環奈は自嘲するような笑みを浮かべた。

「あの曲のヒロインは、幸せになれるのかしら。好きな人にはないがしろにされてるけど、もう一人の男性は彼女のことを一途に思ってるのよね。その人と付き合えば、幸せになれるのかしら」

「どうでしょうねえ」

秋穂は首を傾《かし》げた。

「完全に気持ちを切り替えた後なら、新しい男性と新しい関係を築いていけると思うけど、あの曲では、彼女はまだ相手の男に未練タラタラなのよね。そういう精神状態だと、難しくないかしら」

あの曲の主人公は、週末にドライブに誘って、彼女に指輪を渡すつもりでいる。それはいささか性急すぎないだろうか。意地悪な見方をすれば「傷心に付け込む」ことになりはしまいか。

「そうよね。想いきれないから辛《つら》いのよね」

途切れていた涙が、再び両の瞼にあふれだした。環奈は両手で顔を蔽《おお》って嗚咽《おえつ》した。

秋穂たち三人は、環奈の嗚咽が止まるまで、黙って見守った。

やがて、環奈は洟《はな》をすすりながら顔を上げた。秋穂がおしぼりを手渡すと、ごしごしと瞼を拭った。

「お嬢さん、これが何かわかるかな？」

おもむろに時彦が隣の席に置いた風呂敷包みを解いた。箱の蓋を開け、中身を見せて環奈に尋ねた。

「江戸和竿ですか？」

環奈の言葉に、三人は驚いて顔を見合わせた。

「良く知ってるね！」

「父が釣り好きなんです。雑誌も読んでて……グラビアに載ってるのを何回か見せられたんで、何となく」

「そんなら話が早いや」

　時彦はよく見えるように、和竿の箱を環奈に近づけた。

「これはそれほどのもんじゃないが、和竿作りには名人とうたわれた職人が何人かいる。その中で明治三名人の一人が初代竿忠《さおちゅう》、中根忠吉《なかねちゅうきち》という人だ。この人の孫、つまり三代目も名人と呼ばれていた。その娘が海老名香葉子《えびなかよこ》さん、落語家林家三平《はやしやさんぺい》の奥さんで、こぶ平《へい》のお母さんだ」

　環奈は林家三平には聞き覚えがあったが、こぶ平という名は知らなかった。

「海老名香葉子さんは昭和二十年三月十日の東京大空襲で、一晩のうちに両親、祖母、長兄、次兄、弟を失った。かろうじて助かったのは三男の兄さんだけで、戦後、この人が竿忠を継いだ……」

海老名香葉子は疎開して東京を離れていたために助かった。しかし、孤児となってからは親戚知人の家をたらい回しにされ、学校にも満足に通えなかった。ある日、竿忠の馴染み客だった三遊亭金馬《さんゆうていきんば》師匠の名を見かけて寄席を訪ねると、「竿忠の娘が生きていた！　うちの子におなり！」と、その日のうちに引き取ってくれた。

「香葉子さんは親戚には『なんでお前一人が生き残って』と言われ続けて、『良かった、生きていてくれて！』と言ってもらったのは、金馬師匠が初めてだったそうだ」

時彦はそこで言葉を切って、まっすぐに環奈を見た。

「今のあんたには、こんな話は少しも興味が持てないだろうね。だけど、自分を悲劇のヒロインだと思っちゃいけないよ。こんな悲惨な目に遭《あ》った香葉子さんも、人気者の落語家と結婚して、子宝に恵まれて幸せに暮らしてる。だからお嬢さん、あんたが幸せになるチャンスは、もっといっぱい転がってると思いなさいよ」

時彦の言う通りだった。「もっと不幸な人がいるんだから、お前は自分の幸運に感謝すべきだ」と言われても、今の環奈にはまったくピンとこない。他人がどうであろうと、今、環奈は不幸だった。この不幸から救ってくれる何かを知りたいのだ。

「お嬢さん、釣りをやると良いですよ」

今度は岩井が言った。

環奈は顔をしかめて首を振った。

「釣りなんか、全然興味ありません。それに私、気持ち悪くてエサ、付けられない」

岩井と時彦は同時に微笑んだ。

「今はルアーが色々あるから、生餌《いきえ》を使う必要はありません」

そして、なおも顔をしかめている環奈に、優しく笑いかけた。

「別に釣りでなくてもいいんです、一人で楽しめる何かなら。水泳とか、絵を描くとか、俳句を作るとか、映画や音楽を鑑賞するとか」

環奈はどれも興味がなかった。

「釣りを勧めたのは、一人で出来るし、仲間とも出来る娯楽だからです。それに自然とも触れ合える。船に乗って海へ出てハゼやキスを釣ったり、山へ出かけて渓谷でヤマメを釣ったり。大自然と触れ合うだけでも、心がリフレッシュされますよ」

時彦も再び口を開いた。

「それに、釣りには流派も党派もないんだ。昔から続いてきた日本の伝統で、家元や師範のいないものって、釣りくらいだよ」

「そうそう。だから誰でも自分流で楽しめる。一度くらい試しても損はありませんよ」

「……はあ」

環奈は生返事をした。本音は、早くこの説教酒場を出て、一人になりたかった。

「色々、ありがとうございました」

軽く頭を下げて「お勘定してください」と告げた。そして勘定を済ませると、そそくさと店を出て行った。

秋穂は時彦と岩井の顔を交互に見て呟《つぶや》いた。

「どうなるのかしらねえ」

「なるようになるさ」

時彦は当然のように言った。

「なるようにしかならん。それが世の中だ」

岩井は感慨深そうな目で環奈の出て行ったガラス戸を見つめた。

「自分で答えを見つけるしかないさ。彼女だって、本当は分かってるんだよ」

秋穂は初めて会った若い女性が、早く未練を断ち切って新しい道を見つけられるように、そっと祈っていた。

数日後の週末、唐突に父が言った。

「明日、釣りに行かないか？」

普段なら断ったはずだが、環奈は「うん」と答えていた。迅にデートの約束を反故《ほご》にされ、することもなく土・日を家で過ごすのにうんざりしていたからか、それとも、あの妙な居酒屋で釣りを勧められたのが無意識に働いたのかもしれない。

車で出かけたのは葛西《かさい》臨海公園で、父が言うには東京の釣りスポットの一つだということだった。

父が連れて行った釣り場は、なぎさ橋下を流れる水路の岸だった。

「何が釣れるの？」

「年間を通してハゼとスズキ。今の時期はキビレ（クロダイの幼魚）、マゴチ、エイかな。初心者はまず、ハゼから始めると良いよ」

「私、エサ触れないんだけど」

「ルアーを使うから大丈夫」

昔はハゼは餌釣りのみだったのだが、クランクベイトという小型のルアーを使うハゼクラという釣り方が研究され、今は手近なルアー釣りの魚として注目されている。

釣りに臨むときの父・敏秋《としあき》は、普段の生気のない父とは別人のように生き生きとして、自信にあふれていた。環奈は初心者なので知らなかったが、ハゼ釣りにはリールのない、竿の先に糸を付ける《のべ竿》を使うのだった。

「ハゼはミャク釣りと言って、浮きを使わずに餌を沈めるんだ。その方が魚の反応がダイレクトに伝わって、小さなアタリも分かりやすい」

敏秋は糸を水に垂れ、深く潜るように竿を下げた。

「ハゼは基本的に底の方にいるから、重りで水底をこするくらいで引くんだ。やってごらん」

環奈は糸を水に投げた。すると、敏秋は眉《まゆ》をひそめた。

「ダメだよ、そんな乱暴にやっちゃ。ハゼが警戒する。ハゼは動く餌に反応するから、そっと餌を置いたら、ちょいちょい小突くように動かして、おびき出すんだ」

言われた通りに竿を動かしていると、竿を握った手にスマートフォンのバイブレーションのような振動が伝わった。

「来た！」

思わず竿を引き上げると、糸の先に十センチくらいの魚がかかっていた。

「おお、やったじゃないか」

敏秋は針からハゼを外してクーラーボックスに入れた。

「環奈、筋が良いよ。初心者とは思えない」

環奈は素直に嬉しかった。そしてその瞬間、釣りの魅力にはまったらしい。

環奈はそれからも立て続けにハゼを釣り上げた。

「すごいな。じゃ、そろそろ移動するか」

「どうして？」

「ハゼは水の中の障害物や坂の所にいるんで、そこを探してポイントを移動した方が、釣れるんだよ」

次の釣り場ではリールのある竿に替えて、「ストップアンドゴー」というルアーの動かし方を教えてくれた。ルアーが浮き上がる動きに、魚が食いついてくるのだという。教えられたとおりに竿を動かすと、今度も次々にアタリが来て、遂にクーラーボックスはハゼで満杯になった。

当初は有頂天になったが、ふと冷静になると愕然《がくぜん》とした。こんな大量のハゼを、いったいどうすれば良いのだろう。環奈は魚など下ろせない。

「これ、どうするの？」

「プロにやってもらうから、大丈夫」

敏秋はクーラーボックスを積み込むと、車を走らせた。着いた先は近くの船宿だった。

玄関で声をかけて中に入ると、初老の男性が挨拶《あいさつ》に出てきた。

「こんちは。また頼むよ」

「秦野さん、毎度。今日はお嬢さんもごいっしょで」

二人の会話のやり取りから、かなり親しい間柄だと分かった。

「十尾くらいでいい？」

「うん。充分」

「ちょっと待ってて」

男性はクーラーボックスを下げて、別室へ消えた。

十分ほどして再び戻ってくると、クーラーボックスの蓋を開けて敏秋に見せた。中には開きにした魚が十枚ほど、ラップに包まれて入っていた。

「おまたせ」

帰宅してから、環奈は開きにしたハゼを天ぷらにした。揚げたてのハゼは美味かった。天ぷらを肴に、父子でビールを飲んだ。

夜更けて床に就《つ》いてから、環奈は一日を振り返り、とても充実していたと実感した。

それからも、迅は毎週のように週末のデートをキャンセルした。環奈は家でぽつねんと過ごすのをやめ、釣りに出かけた。

最初は敏秋のお供だったが、そのうち一人でも出かけるようになった。海釣り、川釣り、釣り堀と一通り経験して、すっかり「釣りガール」になっていた。

以前、居酒屋で老人が「釣りには流派も党派もない。古くから続いている伝統で、家元も師範もいないのは釣りだけだ」と言っていたが、最近はその言葉が身に染みる。

金田《かねだ》湾で一緒になった初老の男性は、シロギス以外の魚が釣れてもそのまま海に放して魚籠《びく》に入れようとしなかった。そこは豊かな漁場で、シロギスの他にもカレイ、ベラ、アナゴ、アイナメ、イイダコ、ホウボウが釣れるのに。

不思議に思って尋ねると、男性は当たり前のように答えた。

「私はシロギス釣りに来たんですから、ついでに釣れた外道《げどう》は逃がすんですよ」

環奈はついでに釣れた魚が何匹も入っている自分の魚籠を見て、恥ずかしくなった。

しかし、男性は優しく微笑んで片手を振った。

「気にすることはありませんよ。これはあくまで、私の流儀です。五目《ごもく》釣りが好きな人は、それを楽しめばいいんです。みんな、それぞれのやり方で楽しむのが、釣りってもんですよ」

環奈は心から「ああ、釣りって良いな」と感動した。

そして、気が付けば自分がもう何か月も、迅に連絡していないことに気が付いた。迅を忘れている時間が長くなって、今ではほとんど想い出すことさえない。

だって、想い出なんかないんだもの。

迅と過ごす時間に、釣りで過ごす時間のような充実感はなかった。二人で同じ思いを共有するとか、同じ物事に感動するとか、そういう記憶がほとんどない。二人で映画や食事に行くことさえ少なかった。迅のマンションでダラダラと過ごし、身体を重ねただけだ。

なんであんな男に夢中になったんだろう。

またしてもあの居酒屋で、中年男性に言われた言葉が甦《よみがえ》る。細かいことは忘れたが、要約すれば「一人の時間を楽しめるようになりなさい」という意味だった。

今こそはっきり分かる。環奈が迅に夢中になったのは、一人の時間を楽しむ術《すべ》を知らなかったからだ。一人の無聊《ぶりょう》を埋める存在として、迅を求めたのだ。迅のような、自分勝手で不実な男を。

釣りと出会って本当に良かった。一人でも楽しいし、仲間と一緒も楽しい。今ならもう、自分の心の弱さから、まがい物の恋を本物と勘違いするようなことはない。

あの時のおじさんとお爺さんにお礼を言いたいけど、無理よね。名前も知らないし……。

その翌日のことだった。

環奈は会社の近くの食堂で昼食をとっていた。席の正面にテレビがあって、昼のワイドショーを放送していた。何気なく画面を見上げると、あの時の中年男性の顔が映った。

「⁉」

思わず目を凝らし、耳を澄ました。テロップに「岩井義久《よしひさ》氏」と出て、アナウンサーの声が重なった。

「アメリカにおけるリフレクソロジーの第一人者と言われた、亡き岩井和久さんのご長男で……」

日本で新しい治療所を開設するため、現在日本に滞在中であるという説明が続いた。

環奈はいてもたってもいられなくなった。

会社が終わったら、あの居酒屋に行ってみよう！

通いなれたルミエール商店街で道を間違えるはずはない。中ほどで右に曲がり、最初の十字路で左に曲がる。その路地に沿って数歩歩くと、焼き鳥屋の「とり松」と昭和レトロなスナック「優子」に挟《はさ》まれて、米屋という冴えない居酒屋はあったはずだ。

それが、ない。「さくら整骨院」という施術院に替わっている。米屋は閉店したのだろうか？

環奈はとり松の引き戸を開けた。

カウンター七席とテーブル席二卓の店内には、主人夫婦と先客が五人いた。主人は団扇《うちわ》を使いながら串に刺した肉を焼き、女将さんは生ビールをジョッキに注いでいた。

客は背を向けてカウンターに座っている。男性四人に女性が一人。右端に座っている男性以外はみな老人と分かる。

「あのう、すみません、米屋さんって、閉店したんですか？」

カウンターの客が一斉《いっせい》に振り返った。

環奈は思わず歓声を上げそうになった。釣り師のベストを着た老人と、テレビで観た岩井さんがいるではないか。

「おじさん、お爺さん、あの時はありがとうございました。私、今、毎週、釣りに行ってるんですよ。週末が来るのが待ち遠しくて、毎日楽しいんです」

お爺さんと岩井さんは、キョトンとした顔をしている。環奈はそれに気づかず、なおも話し続けた。

「お二人の仰《おつしや》ったこと、今はよく分かります。私は悲劇のヒロインじゃなかった。新しい幸せは、足元に転がってたんです。一人の時間を楽しむきっかけは、目の前にあったんです。今は毎日、とても充実してます。父との関係も良くなって、一緒に釣りに行くときは『師匠』なんて呼んだりしてるんですよ」

そこまで一気にしゃべった環奈は、やっと、気まずい雰囲気に気が付いた。

「あの、私のこと、覚えてませんか？」

店の主人夫婦と五人の先客は、確認するように互いに目を見交わし合った。その後で、一同を代表してお爺さん、こと水ノ江太蔵《たいぞう》が言った。

「お嬢さん、あなたが会ったのは、多分亡くなった私の親父ですよ」

「えっ？」

今度はおじさん、こと岩井義久が後を引き取った。

「それと、もう一人は私の父だと思います。十年前に交通事故で亡くなりました」

環奈はわけが分からず、客たちの顔を見回した。

「で、でも……」

頭のきれいに禿《は》げ上がった老人、沓掛直太朗《くつかけなおたろう》が言った。

「米屋はね、もう三十年も前に閉店したんだよ。女将の秋ちゃんが亡くなって」

「あなたが会ったっていううちの親父も、二十年前に亡くなってるんです。だからお嬢さん、あなたの会った人も、米屋という店も、もうこの世にないんですよ」

太蔵が噛んで含めるように言った。

環奈はやっと事情を飲み込んだ。同時に、危うく悲鳴を上げそうになり、両手で口を押さえた。

「ただね、女将の秋ちゃんは親切で面倒見のいい人だったの。だからあの世に行っても、困ってる人を見ると、放っておけないみたいなのよ」

髪の毛を薄紫色に染めた老女、井筒小巻《いづつこまき》が言った。

「お嬢さんみたいに、秋ちゃんのおかげでトラブルが解決した、救われたっていう人が他にもいてね。みんなお礼を言いに米屋を訪ねてくるんだが、見つからなくてこの店に訊きに来る。そして、初めて本当のことを知るってわけさ」

山羊《やぎ》のような顎鬚《あごひげ》を生《は》やした老人、谷岡資《たにおかたすく》が言った。

「でも、みんな最初はびっくりしたり怖がったりするけど、最後は秋ちゃんに感謝して帰っていくよ」

「そうそう。秋ちゃんがしたのは祟《たた》りじゃなくて、人助けだから」

「そういうことだから、お嬢さんも怖がらないであげてくださいよ」

口々に言われて、環奈の恐怖心も次第に薄れていった。

するると、義久が優しい目で環奈を見て言った。

「うちの父も、さっきのあなたの言葉を聞いたら、きっと喜んでますよ。整体師として多くの方の治療をしてきましたから、あなたが心の健康を取り戻す役に立ったことは、父の本望でしょう」

環奈は義久の顔を見返した。見た目だけでなく、その穏《おだ》やかな話しぶりや響きの良い声も、米屋で会ったあの男性とそっくりだった。それに気づくと、感謝の気持ちが湧いて、胸に広がった。

「そうですね。私、米屋の女将さんと、お二人のお父さんのおかげで、泥沼から抜け出せたんです。そして新しい幸せを見つけました。あの三人の方は、私の恩人です」

環奈は背筋を伸ばし、深々と頭を下げた。

「本当にありがとうございました」

頭を上げると、自分に言い聞かせるように、きっぱりと言った。

「私、あの女将さんとお二人のこと、一生忘れません。そして、もし前の私みたいな女の子に出会ったら、あの方たちの教えてくださったことを伝えます。一人の時間を楽しめる人になりなさいって」

第三話

新小岩のリル

「ただいま」

勝手口で正美《まさよし》の声がした。

「お帰り」

秋穂《あきほ》は迎えに出たが、声の感じで釣果《ちょうか》が思わしくないことは察しがついた。それでも一応は習慣として尋ねた。

「どうだった？」

正美は渋い顔で首を振り、クーラーボックスの蓋《ふた》を開けた。

「あらあ」

完全なボウズだった。正美の釣り史上初の珍事だ。

「残念でした。どうする？」

鮮魚がなくては、明日店を開けない。米屋《よねや》の売りは海鮮なのだ。

「仕方ない。明日の朝、築地《つきじ》に行ってくる」

これまでも釣果がはかばかしくない時は、築地場内へ買い出しに行って補充した。

「そう。じゃ、今日は早寝しないとね」

場内へは秋穂も一緒について行く。仲卸《なかおろし》の店で様々な魚を選ぶのは、結構楽しかった。今の時期ならマゴチ、平目《ひらめ》、舌平目《したびらめ》、石鯛《いしだい》かなあ。スズキは絶対よね。イワシ、アジ、サバも旬だし。

舌平目のムニエルが食べたい……と思ったところでハッと目が覚めた。ちゃぶ台から顔を上げると、いつもと変わらない茶の間にいた。いつの間にやらうたた寝をしていたらしい。壁の時計を見上げると、そろそろ四時半になろうとしている。

秋穂は小さくあくびをし、大きく伸びをして立ち上がった。

仏壇の前に座り、正美の遺影を眺めた。釣り師のベストを着て、楽しそうに微笑《ほほえ》んでいる。これは房総《ぼうそう》沖へカツオを釣りに行った時の写真だ。

変な夢見ちゃった。釣果の少ない時はあったけど、ボウズはなかったわよね。

秋穂は蠟燭《ろうそく》の炎を線香に移し、仏壇に供えて手を合わせた。

それじゃ、行ってきます。

蠟燭を消して立ち上がり、店に通じる階段を下りた。これから米屋の一日が始まるのだ。

ＪＲ総武《そうぶ》線新小岩《しんこいわ》駅は、葛飾《かつしか》区の南に位置する。快速線の停車駅でもあり、東京駅まで直通で十三分と、都心や横浜《よこはま》方面へのアクセスも良好だ。その割に地価が安く、昔ながらの下町で物価も安く暮らしやすいというので、近年ますます人気が高い。駅周辺の開発も進み、二〇二三年の冬には駅ビルが完成予定であり、タワーマンションの建設工事も始まろうとしている。

その新小岩駅南口の象徴と言えば、四百二十メートルに及ぶアーケード商店街、ルミエール商店街だ。完成当初の昭和三十四（一九五九）年当時、誰が今の新小岩の姿を予想できただろう。あの頃から長く続いた低層の商業地の面影は、もうすぐ一変してしまう。

それでも、変わらないものがある。

例えばルミエール商店街だ。軒を連ねる約百五十店舗の商店は、昔も今もほとんど空《あ》き店舗がなく、テナントが入って営業を続けている。空きが出来るとすぐに次のテナントで埋まるのは、この商店街の人気の高さを物語っている。

もう一つはやはり土地柄だろう。どんなにおしゃれな商業施設がオープンしても、タワーマンションが建っても、新小岩はあくまで下町で、気取ったり勿体《もったい》ぶったり高級ぶったりは似合わない。

同じく、新小岩に暮らす人たちも、昔ながらの下町気質《かたぎ》を受け継いでいる。ざっくばらんで気取らずに生きる性質だ。新しく引っ越してきた人々も、新小岩で暮らすうちに、いつの間にか下町気質に感化される……と良いな。

今日も新小岩の片隅で、居酒屋「米屋」はひっそりと店を開けた。

ルミエール商店街の真ん中辺を右に曲がり、最初の十字路を左へ曲がった路地を数歩進むと、焼き鳥屋「とり松」と昭和レトロなスナック「優子」に挟《はさ》まれて、軒先にお粗末な赤提灯《あかちょうちん》をぶら下げている、店舗兼住居の目立たない店が米屋だ。

見かけの通り、女将《おかみ》の米田《よねだ》秋穂がワンオペで切り盛りしている店なので、開店以来注《つ》ぎ足しで煮込んでいる煮込みの他は、大した料理はない。ほとんどのメニューがレンチンと作り置きだ。アルコールもホッピーとサッポロの中瓶《ちゅうびん》、チューハイ三種、ハイボール、黄桜《きざくら》の一合と二合しかない。

元は海鮮居酒屋だったのだが、釣り好きの主人が急死して、鮮魚類を出せなくなってしまった。もっとも米屋にくるお客さんはすべて承知で、むしろそのざっかけなさを好んでいるので、それで良いのだろう。

ところが最近、女将は営業努力を始めたようで、そこそこ工夫した料理を出すようになったと評判だ。すると妙なことに、時々米屋に相応《ふさわ》しからぬ一見《いちげん》のお客さんが、店を訪れてくる。

そして……。

「秋ちゃん、ぬる燗《かん》」

開店一番乗りは美容院「リズ」の大マダム、井筒《いづつ》巻《まき》だった。店は娘の小巻《こまき》に譲ったが、昔からの得意客で巻を指名する人がいるので、いつも店に出ている。そしてもう指名客が来ないと分かると、仕事を切り上げて、大抵は米屋にやってくる。

「おばさんは、夏でもぬる燗ね」

真ん中の椅子《いす》に腰を下ろした巻に、秋穂はおしぼりを手渡した。

「どうもあたしは、ビールみたいな水っぽい酒は性《しよう》に合わなくて」

巻はおしぼりで丁寧《ていねい》に手を拭《ふ》いた。その左手にはダイヤの指輪が光っている。離婚した夫がくれた婚約指輪で、慰謝料代わりに取り上げたという。仕事中は外しているので、巻が指輪をはめたら、業務終了の目印だ。

秋穂は黄桜の一合徳利《とつくり》を薬罐《やかん》の湯に沈め、お通しのシジミの醬油漬《しようゆづ》けの小皿を出した。

「濃いめホッピーとかレモンハイは？」

巻は指輪をはめた手を、顔の横でひらひらと振った。

「あんなデカい容《い》れモンでがぶがぶ飲むなんて、見栄えが悪いよ。粋じゃないねえ」

秋穂はグラスに氷を入れ、水を注いで巻の前に置いた。巻の年で日本酒で通すなら、チェイサーで適度に水分補給をした方が良い。

「それにしても、毎日暑くて嫌になるよ。客足も落ちるしね」

秋穂は燗の付いた徳利を出した。巻は手酌で猪口《ちょこ》を傾けてから、グラスの氷水を一口飲んだ。

「二月と八月はどこでも暇になるもの。仕方ないわよ」

秋穂は冷蔵庫を開けて保存容器を取り出した。

「それに美容院は、確実に繁忙期があるじゃない。年末年始と、春の卒業・入学式シーズン」

巻はフンと鼻を鳴らした。

「成人式と言えばさ、この頃の若い娘はきっちりまとめたアップじゃなくて、後《おく》れ毛出したり、変なことしたがるんだよ。それに茶髪が増えてね。着物には黒髪が似合うのに、どうしてわざわざ茶色に染めるんだろう。気が知れないよ」

秋穂はつい苦笑を漏らした。そう言う巻は、髪の毛を薄紫に染めているのだ。

本人も承知で、巻は自分の髪の毛を指さした。

「あたしは白髪《しらが》だからね。そのまんま染められる。でも若い子が同じ色にするとなったら、一度脱色してそれから色を重ねることになる。髪の毛への負担は大きいよ。お勧めしないね」

秋穂は巻の前に新しいつまみを出した。

「おばさん、これ、新作。日本酒にぴったりだと思う」

巻は小さな器の中身に目を落とした。

「卵黄？」

「あたり。醤油漬けなんだけど、この卵、一度冷凍してから室温で半日かけて解凍するのよ。で、殻《から》を剝《む》いて黄身だけ漬けるの」

ねっとりと濃厚で、限りなく酒を誘う味に仕上がっている。

巻はひとかけスプーンですくって口に入れ、うっとりと目を細めた。

「なるほど。こりゃイケる。呑兵衛《のんべえ》にはたまらない味だ」

「よう」

ガラス戸が開き、悉皆屋《しっかいや》の沓掛音二郎《くつかけおとじろう》が入ってきた。首にタオルをかけている。

「暑いな。ホッピー」

音二郎は巻の隣に腰かけると、出されたおしぼりでごしごしと顔と頭を拭《ぬぐ》った。

「はい、どうぞ」

焼酎《しょうちゅう》を入れたジョッキとホッピーの瓶をカウンターに置くと、音二郎は勢いよくホッピーを注ぎ、喉《のど》を鳴らして半分ほど飲んだ。

「プハ～！　生き返る！」

確かに粋ではないが、下町の居酒屋からホッピーが消えてしまったら、画龍点睛《がりょうてんせい》を欠くことになる。

「そういや、お宅は仕事場に冷房ないんだよね」

巻が気の毒そうに言ったが、音二郎は強がった。

「夏はたっぷり汗かきながら仕事するのが、昔からの習わしよ。お巻さんこそ、仕事場は冷房で、毎日冷蔵庫の中で仕事してるようなもんじゃねえか。身体がおかしくならねえか」

「うちはそこまで冷やさないよ。それに、美容師は立ち仕事で動くからね」

巻は猪口を干し、手酌で酒を注いだ。

「でも、会社で机に座りっぱなしの人は、どうなんだろう」

音二郎はお通しのシジミの醤油漬けをつまもうとして、卵黄の醤油漬けに目を留めた。

「そりゃ、何だい？」

「秋ちゃんの新作。卵黄の醬油漬けだって。酒が止まらないよ」

「そんじゃ、俺にも」

そんなことだろうと思って、すでに器に盛ってある。

「こりゃあ、日本酒だな」

スプーンですくって口に入れた音二郎は、目を細めて溜息《ためいき》を吐《つ》いた。

巻が素早く指を一本立てた。秋穂は音二郎の前に新しい猪口を置いた。

「お裾《すそ》分《わ》け」

巻は徳利を傾けて酌をした。

音二郎は軽く一礼してから猪口に口を付けた。

「うめえ。美人の酌だと、猶更《なおさら》うめえや」

「調子のいいことをお言いでないよ」

そう言いながらも悪い気はしないらしく、巻は頰《ほお》を緩《ゆる》めた。

「しかし、同じ醬油漬けでも、まるで味が違うな」

「シジミの方には梅干しを入れてあるし、やっぱりシジミと卵黄って、まるで味が違うから」

「でも、大したもんだよ。毎度毎度、よく工夫が続くね」

巻が感心したように言った。

「みんなお客さんのおかげ。こんな手抜き料理でも、ちゃんと通ってくださるんだもの。頑張らなくちゃって気になるわ。それに、今は便利な料理本も増えてるし」

秋穂は答えながらも手を動かし、三品目のつまみを作っていた。

「しかしよ、お巻さん。俺は昔偉い漢方の先生に言われたんだが、人間の身体は水がバランス良く回ってる状態が良いんだそうだ。充分に水を飲んで、たっぷり汗をかいてションベンを出す。その流れが滞ると、万病の元だとよ」

音二郎はシジミの最後の一切れを吸い取って、ホッピーを飲んだ。

「冷房病なんつうのは、夏に汗かかないから、汗腺がふさがっちまう病気だろ」

「そうだねえ。昔は考えられなかったよ」

巻も猪口を傾けて遠くを見る目になった。

「俺の若い頃は冷房なんざ、デパートにでも行かないことには……」

「そうそう。昔の映画なんか見ると、会社で真夏に会議やる時なんか、氷の塊《かたまり》を部屋の真ん中に置いて、扇風機で風を送って冷たくしてたよ」

秋穂はおろし金《がね》でキュウリを下ろしながら口を挟んだ。

「その偉い漢方の先生の言うこと、一理あると思うわ。知り合いのエアロビクスの先生がね、日頃運動して汗を流してる人の汗は、サラサラで臭《にお》いも少ないそうなの。でも運動しない人が汗をかくと、ネバネバで臭いもきついんですって」

「ふうん。何となくそれも分かるな。サウナ好きのやつは汗が出やすいって話だ」

「サウナって男性用ばっかりでしょ」

巻は徳利を逆さにして振ったが、滴《しずく》しか出てこない。

「秋ちゃん、お代わりね」

「女性用のサウナもあるはずだがな」

「探せばあるでしょうけど、サウナも銭湯も近くにあるから行くんで、探してまで行くもんじゃないでしょ」

「そりゃ、ま、そうだな」

音二郎もホッピーを飲み干した。

「中身、お代わり」

秋穂は黄桜の一合徳利を薬罐の湯に浸し、音二郎のジョッキに焼酎を注ぎ足してから、三品めのつまみを出した。

「はい。お野菜の補給」

「タコキュウみたいだな」

「そうよ。ただ、乱切りとすり下ろしたキュウリと半々に入れてるの。それと、海苔《のり》を混ぜたのがポイント」

味付けはポン酢とゴマ油だが、焼き海苔が酢の物に一味コクを添えている。

「ふうん。海苔入りのタコキュウは初めてだ」

「意外と相性が良いんだね。お酒が進むよ」

音二郎も巻も新作を気に入ったようだ。

「煮込み、どうする？」

「もらう、もらう。米屋で煮込みを喰わない奴はモグリだ」

音二郎が言うと巻も「あたしも」と続いた。

「今日はね、シメに変わったもの用意したのよ。だから、少しお腹《なか》に余裕持たせといて」

「なんだい？」

「それは後のお楽しみ……なんて勿体つけるほどのもんじゃないわね。豚肉と高菜漬《たかなづ》けの煮込み」

馴染《なじ》みのない組み合わせに、音二郎と巻は顔を見合わせた。

「豚肉と高菜を炒《いた》めて煮込むの。高菜炒めってご飯が進むでしょ。それに豚肉を加えた感じ。だからご飯に合うわよ」

「じゃあ、シメはそれで飯にしようか。秋ちゃんの勧めたもんに間違いはないし」

「そうね。あたしもそれにするわ」

秋穂が器に煮込みをよそっていると、ガラス戸が開いて女性客が顔を覗《のぞ》かせた。ご新規さんの二人連れで、どちらも秋穂と同年代に見える。

「いらっしゃいませ」

「二人、良いかしら？」

前に立った女性が尋ねた。

「はい。どうぞ、お好きなお席に」

二人は隅の席に腰を下ろした。

先に立って店に入ってきた藤崎美貴《ふじさきみき》は、幾分困惑気味に店内を見回した。そして、おしぼりを差し出した秋穂に尋ねた。

「あのう、この店、米屋なの？」

「はい。うちは米屋ですが」

すると美貴はバッグからスマートフォンを取り出し、検索を始めた。

秋穂はお客が長方形の板を眺めて難しい顔をしているので、何事かと訝《いぶか》った。

「あのう、お飲み物は何がよろしいでしょう？」

美貴は当然のように言った。

「ワインリストを見せてちょうだい」

秋穂も音二郎も巻も、一瞬のけぞりそうになった。米屋に来てワインリストを所望するなど、百円ショップでブランド品を買い求めるのと同じくらい、ありえない。

「あのう、すみません。うちはワインは置いていません」

美貴は眉《まゆ》を吊《つ》り上げた。

「だってお宅、和食とワインのマリアージュが得意なんでしょ。何でないのよ？」

秋穂はますます困惑してしまった。

「あのう、お客さん、もしかしてお店をお間違えなんじゃないでしょうか。うちは昔から、ただの居酒屋なんですけど」

美貴はもう一度スマートフォンの画面に目を落とし、よくよく眺めて自分の間違いに気が付いた。

「いやだ、間違ってる！」

美貴は大げさに顔をしかめ、連れの赤松《あかまつ》ふみえの方を向いた。

「ごめんなさい。とんだ米屋違いよ。道がごちゃごちゃしてるし、あっちも古い居酒屋買い取ってオープンしたから、外観も似てて。すっかり騙《だま》されたわ」

秋穂はさすがに気分を害した。勝手に店を間違えておいて、騙されたはないだろう。失礼にもほどがある。

「さ、出ましょう」

美貴は椅子から腰を浮かせたが、ふみえはやんわりとそれを制して、静かに言った。

「良いじゃないの、この店で」

美貴はまたしても眉を吊り上げたが、ふみえは穏《おだ》やかな口調を崩さずに続けた。

「偶然入ったのも何かのご縁だと思うわ。それに、初めての店だけど、私、とても気に入っちゃった。アットホームで気取ってなくて。本当は、こういうお店の方が好きなの」

美貴は疑わしげにふみえの顔を凝視した。

「美貴も、たまにはこういうお店で呑《の》むと、話のタネになるんじゃないの?」

ふみえの言葉で、美貴はようやくこの店で呑む気になった。確かに、小さくて冴えない居酒屋だけど、話のタネにはなるだろう。

「ふみえが良いなら、それでいいわ」

美貴が椅子に座り直すと、ふみえが尋ねた。

「飲み物、何が良い？」

メニューを見るとホッピー、サッポロの中瓶、チューハイ三種、ハイボール、黄桜の一合と二合しかない。後はコーラとウーロン茶。舌打ちしたくなる気持ちを抑えて、美貴はビールを選んだ。

「瓶ビールとグラス二つください」

ふみえは注文を告げた。

米屋で呑む気になったのは、気取らない店の感じが気に入ったこともあるが、もっと大きな理由は、疲れてしまってこれ以上歩きたくなかったからだ。

数日前、美貴からメールで食事に誘われた。新小岩に新しく出来た創作和食の店で、今、マスコミでも騒がれている。予約は受け付けないので、上手《うま》く入れるかどうか分からないが、一度行ってみる価値はある。是非一緒に行こう……。

本当は気が進まなかったが、ふみえの勤務先は新小岩にある聖栄《せいえい》大学の事務局なので、上手く断れずに承知する羽目になった。

駅の北口で待ち合わせたのだが、どういうわけか目当ての店は見つからず、新小岩の南口周辺をぐるぐると歩き回った。生憎《あいにく》おしゃれしてパンプスを履いてきたので、足が痛くなった。おまけに暑くて喉も渇いてきた。

そしてやっと、それらしき店を見つけて入ってみれば、同じ名前のまるで違う店だったわけだ。

だが、この店なら割り勘が出来る。いつも美貴の奢《おご》りで、気が重かった。最初に誘われた時、美貴はミシュランの星の店に連れて行った。支払いの際、ふみえはカードの限度額を考えて青くなったが、美貴は当たり前のように奢ってくれた。以来それが負い目になって、美貴に誘われると断りにくい。そしてご馳走《ちそう》になることが増えて、気持ちの負担も限界に達しようとしていた。

今日を限りに、もう美貴の誘いは断ろうと決心していた。

「お疲れさまでした」

ふみえと美貴はグラスを合わせ、ビールで渇いた喉を潤した。二人はお通しに出されたシジミの醤油漬けをつまみ、意外な美味《おい》しさに驚いた。

「これ、美味しいですね」

ふみえに褒《ほ》められて、秋穂はにっこり微笑んだ。美貴は高飛車《たかびしゃ》で感じが悪いが、ふみえは気遣いのある女性だと思った。

「ありがとうございます。台湾《タイワン》料理屋のご主人に教わったんですよ」

「シジミは、どこかのブランドシジミですか？」

秋穂は一瞬頭の隅で「シジミにブランド付けるか？」と思ったが、顔には出さずに答えた。

「普通にスーパーで売ってる、何処《どこ》にでもあるシジミです。安売りの時、まとめ買いして冷凍しておくんです。貝って、冷凍すると旨味が四倍になるんですよ」

「本当ですか？」

ふみえはつい声を高くした。

「アサリやハマグリも？」

「はい、何でも。特にシジミは栄養成分のオルニチンも増加するそうで、健康にも良いんです」

ふみえは嬉《うれ》しそうに笑顔を見せた。

「ありがとう。良いこと聞いちゃったわ。これからハマグリの安い時に買いだめして、冷凍するわ。そしたら格安で、潮汁《うしおじる》とハマグリの酒蒸《さかむ》しが食べられる」

美貴は黙ってビールを飲んだ。確かにシジミは美味《うま》かったが、こんなショボい店で料理を褒めるのは、自分を安っぽく見せるような気がする。店内を見回すと、壁にべたべたと貼られた魚拓がいやでも目に付く。早速注文することにした。

んです」

秋穂は申し訳なさそうに答えた。

「すみません。あれは亡くなった主人の趣味で、今は鮮魚料理はお出ししてないんです」

美貴はまたしても目を吊り上げた。

「いやだ、それじゃ、頼むものがないじゃないの」

すると、ふみえが寸胴《ずんどう》で湯気を立てている煮込みを指さして、取りなすように言った。

「煮込みはお店の自慢なんですね」

「はい。創業当時から注ぎ足して煮込んでますから。モツは丁寧に下茹《したゆ》でしてありますから、臭みは全くありません」

「じゃ、煮込みください。他のお勧めは何ですか？」

「今日でしたら、卵黄の醤油漬け、変わりタコキュウ、トマトの土佐酢《とさず》漬け、ナスのタプナードソース焼き、アボカドの塩昆布《こんぶ》焼き……それと豚肉と高菜漬けの炒め煮。こちらはご飯のおかずにもなりますよ」

「みんな、美味しそうね」

ふみえは同意を求めるように美貴を振り向いた。

美貴もついつられて頷《うなず》いた。タプナードソースという言葉は記憶にあるが、どんなレシピだったか思い出せない。こんな冴えない居酒屋の女将が知っているレシピだというのに。

「タプナードソースって、何ですか？」

何の衒《てら》いもなく、ふみえが尋ねた。

「ニンニクとオリーブとアンチョビをみじん切りにして、オリーブオイルで混ぜたソースです。ナス以外の野菜にも合いますし、パンにつけて食べても美味しいですよ」

ふみえはもう一度美貴の方を振り向いた。

「ねえ、どれも美味しそうだから、全部頼まない？　一人前を二人でシェアすれば、食べ残したりしないでしょ」

「貧乏性ねえ。お金払ってるんだから、残すのはお客の勝手じゃない」

美貴は馬鹿にするように言ったが、ふみえは取り合わず、秋穂に言った。

「女将さん、このお店は初めてでよく分からないの。お料理はお任せで出してもらえないかしら」

「はい。承知いたしました。何か苦手なものはございますか？」

ふみえは笑顔で答えた。

「大丈夫。二人とも好き嫌いは全然ないから」

秋穂はまずトマトの土佐酢漬けと卵黄の醬油漬けを出した。

土佐酢は出汁《だし》と米酢、みりん、薄口醬油を混ぜ合わせた調味料で、これに湯剝《ゆむ》きしたトマトを半日以上漬けておく。手間要《い》らずで前日から作り置きも出来て、米屋にはもってこいの一品だ。食べやすいように、トマトには包丁を入れた。

「どうぞ」

ふみえと美貴は、まず卵黄をスプーンで口に運んだ。予想通り、二人とも目を細めている。濃厚な卵黄の旨味に続いて、トマトのさっぱりした酸味が爽《さわ》やかさを演出し、サッポロの中瓶は早くも空《から》になった。

「ビール、お代わりください」

まずはビール、続いて煮込みを出す。さっぱりの後は濃厚なモツの旨味が、さらに美味くなる。

秋穂は次に、半分に割ったアボカドに塩昆布と細切りチーズを載せ、トースターに入れた。焼き時間は二百三十度で十分ほど。

たったこれだけで、アボカドの新しい美味しさに出会える一品だ。塩昆布は調味料としても抜群の働きをしてくれる。塩気と旨味の塊だからだ。

アボカドを焼いている間にタコキュウを作っておく。出すタイミングはアボカドとナスのタプナードソース焼きの間だ。どちらも濃厚な味だから、箸《はし》休めとして活躍してくれる。

「ねえ、正月休みにヨーロッパへ行かない？」

煮込みを頰張《ほおば》って、美貴が言った。

「あなた、一度も行ったことないんでしょ。もったいないわよ」

「私は無理。母がいるし」

ふみえはごく自然な口調で答えた。

「旅行中だけ、ショートステイを利用すれば？　お母さん、要介護4なんでしょ。だったら介護保険の範囲内で、充分利用出来ると思うけど」

「母は家が好きなの。デイサービスも行きたがらなかったくらいだから。ショートステイさせたら、私が施設に入所させたと思って、きっとひどく悲しむわ」

美貴はうんざりした顔で肩をすくめた。

「そんなこと言ってると、お母さんの世話だけで一生終わっちゃうわよ」

「そうかもしれないわね」

しかし、ふみえは表情も口調も淡々としていて、悲愴《ひそうかん》感は窺《うかが》われなかった。

「有名ブランドの支店はほとんど東京にもあるけど、やっぱり本店は違うわよ。品揃《しなぞろ》えからして、比べ物にならないわ」

美貴は自慢するように左手を顔の前に持ってきた。中指と人差し指にダイヤと色石をあしらった指輪が光っている。秋穂にはまるで知識がないが、有名ブランド店の品かもしれない。

「シーズンの目玉商品は、本店でもすぐ売り切れちゃうのよ。だから大変」

美貴は今度は胸を反《そ》らした。秋穂には平凡に見えるカッターシャツも、もしかしたらサラリーマンの一か月分の給料くらいするのだろうか。

「私には一生縁のない世界ね。美貴とは住む世界が違うんだから、しょうがないわよ」

ふみえはまるで屈託のない口調で言った。映画の感想でも語っているようだった。まったくの他人事《ひとごと》と割り切っているらしい。

「お待たせしました。熱いのでお気を付けください」

秋穂は焼き上がったアボカドと箸休めのタコキュウを出した。

「アボカドって、こういう食べ方もあるんですね。私、サラダに入れるだけだった」

ふみえは塩昆布とチーズを載せて焼いたアボカドを食べて、すっかり感心したように言った。

美貴はビールで舌を冷やし、タコキュウに箸を伸ばして言った。

「スカラ座のオープニングは最高よ。劇場はもちろん、街中が中世の装いなの。流行《はや》り病《やまい》で二年も中止になって、去年はトラブルでチケット取れなかったから、今年は絶対に行くつもりよ」

美貴はまくしたてるように言うと、グラスのビールを飲み干した。さんざん米屋をけなした割には、飲みっぷりも食べっぷりも大したものだ。

それにしても、流行病って何？

秋穂は記憶をたどってみた。数年前からエイズは話題になっているが、オペラの興行が二年連続で中止されるほど、猛威を振るっているとは聞いていない。他に話題になった病気があるだろうか？　インフルエンザは毎年のことだし……。

「秋ちゃん、シメの前にあれ。透明でツルツルしたやつ……」

音二郎が声をかけた。

「お出汁《だし》のゼリー？」

「そうそう」

巻もさっと片手を挙げた。

「あたしもお願い」

秋穂は冷蔵庫からお出汁のゼリーの容器を取り出し、四つ切り分けてガラスの器に盛った。ぶぶあられを散らしてミントの葉をトッピングすれば出来上がり。

「お口直しにどうぞ。次はナスのタプナードソース焼きが出ますから」

秋穂はふみえたちにもお出汁のゼリーを出した。

「お出汁もゼリーにすると、途端におしゃれになりますね」

ふみえは秋穂の顔を見上げて微笑んだ。

「ありがとうございます。食欲のない時も、これならつるっと食べられるので」

トースターのタイマーがチンと鳴った。扉を開くと、輪切りにしたナスの上に載せたタプナードソースから、ニンニクとオリーブオイルの香りが漂ってきた。

美貴は早くも鼻をヒクヒクさせている。

「お熱いので、お気を付けて」

ナスの皿を二人の前に置くと、美貴が「ビール、もう一本」と注文した。息を吹きかけて、慎重に口に入れたが、熱すぎたらしく、グラスに残ったビールで飲み込む羽目になった。

ふみえはゆっくり味わってから尋ねた。

「塩気はアンチョビだけですか？」

ポイントを押さえた質問をしてくれるので、秋穂はすっかり嬉しくなった。

「はい。アンチョビと塩昆布と梅干しは、調味料としても優秀なんですよ。塩気の他に、旨味や酸味がありますから」

そして、とっておきの情報を教えたくなった。

「お客さん、超簡単だから、一度試してみてください。スパゲッティを茹でて、オリーブオイルと塩昆布で和《あ》えるんです。信じられないほど美味しいですよ」

「やってみます。買い置きのパスタが余ってるんだけど、そのレシピならすぐ消化できそう」

「それに、塩昆布は和の味ですから、お年寄りにも抵抗なく召し上がっていただけるんじゃないでしょうか」

ふみえはパッと顔を輝かせた。

「そうですね！　母も喜ぶかもしれない」

美貴はつまらなそうに二人の料理談義を聞いていたが、ふと思い出したように言った。

「そう言えば、お宅の猫、元気？　たしか、もういい年よね」

すると、ふみえは急に表情を曇らせた。

「それが……リル、家出しちゃったのよ」

「はあ?」

ふみえは悲しそうに目を伏せた。

「おととい、母のヘルパーさんが帰る時、玄関のドアを開けたら、外に飛び出しちゃったのよ。今まで、外に出ようとする素振《そぶ》りは全然なかったのに」

ふみえが聖栄大学で勤務中の出来事だった。スマートフォンにメールで連絡をもらい、帰宅してから大急ぎで近所を探して回ったが、見つからなかった。

「ヘルパーさんも責任を感じて、あちこち探してくれたそうなの。向かいの家の駐車場を抜けて走って行くのを見たので、その界隈《かいわい》を回ってくれたんだけど、ダメだったって」

ふみえはがっくりと肩を落とした。

「リルは向かいの駐車場に捨てられてたのよ。まだやっと目が開いたばかりの茶トラの子猫で、稲荷《いなり》寿司くらいの大きさしかなかったわ。三月の寒い朝で、身体も冷えてた。このまま放っておいたら死んでしまうと思って、リルを抱いて家に引き返したら、母が『大丈夫よ、助かるから』って。あの頃母はまだ六十代で、元気だったから」

母のゆり子《こ》は三時間おきに、牛乳を人肌に温めてスポイトで飲ませた。ティッシュで優しく刺激して排尿させ、脂《やに》でふさがりそうになっていた目は、ホウ酸水を含ませたコットンで丁寧に拭いた。

丹精の甲斐《かい》あって、子猫は命を長らえ、リルと命名された。リルは赤松母子の愛を一身に受けて、順調に成長した。あれから十五年、多少は食欲が落ち、俊敏さも衰えてきたが、リルはまだまだ元気だった。ふみえは、リルと母にはもっと長生きをしてほしいと願っている。

「『上海帰りのリル』って歌があったねえ」

巻が音二郎に囁《ささや》いた。

「ああ、良い歌だったな」

秋穂もかつて「懐《なつ》かしのメロディー」で聴いたことがあり、歌詞とメロディーは記憶に残っていた。

ふみえは暗い表情で話を続けていた。

「私もショックだけど、母がすっかり落ち込んでしまって。赤ん坊の頃から手塩にかけて育ててきたから、子供も同然なのよ。いいえ、もしかしたらそれ以上かもしれないわ。私より、リルと一緒にいる時間の方が長いんだもの」

秋穂はすっかりふみえに同情した。猫を飼った経験はないが、ペットを家族同然に思う気持ちは理解できた。

「十五歳って言ったら、人間で言えば百くらいじゃないかい」

巻が声を落として音二郎に耳打ちした。

「俺がガキの頃は、猫は十五年生きると、鉢巻きしめて踊り出すって言われてたぜ。もう寿命じゃねえのか」

音二郎もふみえたちに聞こえないように、声を落とした。

巻と音二郎の言うことにも一理あった。十五歳は猫には寿命かもしれない。秋穂は心を鬼にして言った。

「お客さん、ひどいことを言うようですけど、昔から、猫は死んだ姿を人に見せないように、死期が近づくと姿を消すと言われてます。もしかして、お宅の猫ちゃんも……」

「それは違います!」

ふみえは激しく首を振った。

「昔と今では、猫の生活環境が違います。昔は主に外飼いでしたが、今は完全に室内飼いです。外の環境を知らないで育ちます。だから、昔の猫とは本能も違うはずです。私の知り合いの飼っている猫たちも、みんな家族に看取《みと》られて息を引き取りました。だからリルも、死ぬときは絶対、私と母のそばが良いと思うはずなんです」

途中で感極まったらしく、ふみえはハンカチを取り出して目を押さえた。秋穂は気の毒で、かけるべき言葉が見つからなかった。

すると、美貴が口を開いた。

「ペットハンターを頼めば？」

ふみえも秋穂も、思わず美貴を見た。

「行方不明になったペットを捜索してくれる人よ。私の同僚は、やっぱり猫が脱走しちゃって、ペットハンターを頼んで見つけてもらったんですって」

ふみえは息を呑んで聞いている。

「さすがプロね。捜索開始から三十分で見つけてくれたって。びっくりしてたわ」

「そ、その人、どうやって頼めばいいの？」

「ネットで探したって言ってたから、ふみえも検索すれば、同じ会社がヒットするわよ」

ネット？　ヒット？　何のこと？

秋穂は頭に浮かんだ疑問符を無視して、再び美貴の話に耳を傾けた。美貴は大きなバッグから長方形の板を取り出し、指で叩いたり撫《な》でたりしてから、ふみえに見せた。

「ほら、色々あるでしょ。ペット探偵、ペットレスキュー、ペットヘルプ……」

ふみえの目の前で、美貴はスマートフォンの操作を続けた。

「料金も出てる。この会社は一日八時間活動、三日間の料金が九万八千円。前払いですって」

ふみえは一瞬、背筋が冷たくなるのを感じた。

「でも、この会社なんか良心的よ。同僚は三日間で十五万円払ったんですって。交通費とかポスター制作費とか込みの値段だけど。でも、それにしても三十分で終了しても、全額前払いで返してくれないのは、どうなのかしらね」

ふみえの頭の中では数字がぐるぐると回っていた。確かに、家族の命が十万円や十五万円で助かるのなら、安い買い物だろう。だが、年老いた母を抱えて暮らす一介の事務員には、気軽に払える額ではない。

「まあ、一応情報は伝えたから、あとはあなた次第ね」

ペット捜索人を雇うしかない。ふみえは身を切られるような思いで決断した。定期預金を解約するまでのことはないが、月々の支払いから、少しずつ切り詰めて……。

美貴は悶々《もんもん》とするふみえを、底意地の悪い目で眺めていた。と、自慢のバーキンの中でスマートフォンの呼び出し音が鳴った。画面を見て少し顔をしかめたが、すぐに応答した。

「はい……」

美貴はスマートフォンを耳に当てたまま、椅子から立ち上がり、ふみえに「ちょっとごめん」と手ぶりで示して、表に出た。

美貴が後ろ手にピシャリとガラス戸を閉めると、巻がわずかにふみえの方に身を乗り出した。

「おねえさん、ごめんね。何しろ狭い店だから、話が聞こえちゃってね」

「いえ、かまいません。秘密でも何でもないですから」

「あたし、美容院やってるんだけど、うちのお客さんでやっぱり可愛《かわい》がってた猫が家出しちゃった方がいてね」

巻の古くからの馴染み客で、喫茶店を経営している女性だった。

「一週間探したけど見つからなくて、諦《あきら》めようとしたんだって。そしたらそれを聞いたお客さんが『きっと迷子になって帰り道が分からないんだろう。ただし、猫の爪とぎ板を小さく切って、近所中の電信柱に貼ると良い。ただし、猫が臭いを嗅げるように、低い位置に貼るように』って、教えてくれたんだってさ」

女性は言われた通り、爪とぎ板の表面の麻布《あさぬの》を剝《は》がして小さく切り、家の周囲の電信柱に貼りつけた。

「そしたら、翌日に猫は帰ってきたんだよ」

「ほんとうですかッ⁉」

ふみえは椅子から腰を浮かせるほど驚いた。

「本当だよ。ウソを言うような人じゃないからね」

そして、ふみえに優しく言った。

「まず、出来ることをやってみて、それでだめだったらペット何とやらに頼めばいいじゃないの」

「ありがとうございます」

ふみえは深々と頭を下げた。

「帰ったら、早速仰《おっしゃ》ったとおりにやってみます」

すると、音二郎がガラス戸の外を窺うように目を遣《や》ってから、ふみえを見た。

「俺たちはおねえさんとは一期一会《いちごいちえ》で、これから一生会うこともないだろうから、思い切って言っちまうが、あんたのお連れさんは、あんまり質《たち》が良くないんじゃないかい？」

「そうだよ。おねえさんは常識のある、ちゃんとした人だ。だけどお連れさんは、どうもまともじゃない。付き合いはほどほどにした方が良いよ。あたしは長年客商売をやってきたから、ちょっと話すのを聞けば、ピンとくんだよ」

巻が口を添えると、秋穂も一言いいたくなった。

「私もお二人と同じ意見です。十七、八の小娘ならともかく、充分に人生経験を積んできたはずの人が、ああいう態度、物言いをするのは、本人に問題があると思いますよ」

ふみえは困ったように肩をすぼめた。

「お友達の悪口を言われて、お気を悪くなさるのは当然です。失礼の段はお詫《わ》びします」

秋穂が頭を下げると、ふみえは何度も首を振った。

「いいえ、謝らないでください。私も、彼女が随分失礼なことを言ったのは、申し訳ないと思っています」

そもそも、どうして二人が友達付き合いをしているのか、秋穂は不思議だった。音二郎も巻も同感のはずだ。

「昔は、彼女、あんなふうじゃなかったんですよ」

三人の心を見透かしたように、ふみえは答えた。

「私たち、小学校から高校までずっと一緒でした。その頃の彼女は本当に輝いていて、いつも大勢の取り巻きに囲まれていました」

きれいで、勉強もスポーツも良く出来た。大学は別々の学校に進学したが、クラス会で再会した時も、美貴は「女王様」だった。

「卒業後は、都市銀行に総合職で採用されたと聞いてます。私は小さな会社に就職して、職場結婚して退職しました。でも、結婚して五年で夫が亡くなって……」

正月休暇に車で夫の実家に帰省する途中、大型事故に巻き込まれたのだった。運転していた夫は即死し、助手席にいたふみえは軽傷だったが、ショックで流産してしまった。

「それで、クラス会にもずっと出ていなかったんですが、三年前、久しぶりに出席したら、美貴が懐かしそうに話しかけてきて、それで何となく、食事に誘われたりするようになりました。彼女、FXで当てたとかで、すごい羽振りがいいんです。それで、ついご馳走《ちそう》になってしまって」

だが、もうそれも終わりにしようと思っていた。

口に出したことはないが、ふみえは美貴がすっかり変わってしまったのを感じていた。身につけるものは派手になっているのに、昔のパワーやオーラが消えていたのだ。そして、かつて取り巻きだった同級生たちは、敬遠して美貴に近づかなくなっていた。

この三年、美貴とたまに会うようになって、その理由が納得できた。とにかく自己主張と自己顕示欲が、病的に強くなっていた。一緒にいるのが苦痛なほどに。

しかし、それ故にこそ、ふみえは美貴の誘いを断りにくくなってしまった。

この人は、私以外に誰も友達がいないんだ……。

そう思うと、哀れさが胸に広がった。かつてあれほど輝いて、同級生のあこがれだった美貴が、いったいどうして嫌われ者の中年女になってしまったのか、知る由《よし》もない。だが、美貴は耐えられないほど寂しい思いをしているに違いない。それなら、時間の許す時は、美貴に付き合ってあげよう。

しかし、そろそろ限界だった。ふみえにも自分の生活がある。会うたびに澱《おり》の様なものが胸に溜まっていく。こんな付き合いは、もう解消するしかない。

その時、あわただしく美貴が店に戻ってきた。よほどまずいことがあったのか、顔が引き攣《つ》って目が吊り上がっている。

「ごめん。急用なの。お先に失礼するわ」

言うなり隣の椅子に置いた麻のジャケットを取り、足早に店を出て行った。

秋穂と常連の二人は呆《あき》れた顔をしたが、ふみえは内心ほっとしていた。最後まで美貴に奢られっぱなしなのは気分が悪い。

秋穂は塩をまきたい気分を抑え、明るい声で言った。

「お客さん、良かったらシメに、豚と高菜漬けの炒め煮でご飯、召し上がります？」

「はい」

ふみえも明るい声で答えた。

秋穂は開店前に作っておいた炒め煮を器に盛り、白いご飯と海苔吸いを添えて、三人のお客さんに出した。

「ふうん。飯に合う味だ」

「豚肉が柔らかいねえ」

「お砂糖をちょっと振って揉《も》みこむの。そうするとびっくりするくらい柔らかくなるのよ」

生姜《しょうが》とネギと黒胡椒《こしょう》の香りも食欲をそそる。

「美味しいですね。味付けは何ですか?」

「高菜だけです。塩気が足りない時、お塩を足すくらいですかね」

ふみえはまじまじと炒め煮を見直した。

「漬物も、調味料に使えるんですよ。塩気と酸味がありますでしょ」

「私も家で、これ作ってみます。お肉が柔らかいから、母でも食べられそう」

ふみえは嬉しそうに、ご飯を平らげた。

「上海帰りのリル」では、リルを愛する主人公がリルに再会出来たかどうかは分からない。だが、新小岩のリルは愛する家族のもとに帰れるようにと、秋穂はそっと祈ったのだった。

美貴は足早に駅へと歩いていた。

先ほどの電話は顧客の一人だった。預金残高の数字が合わないと言ってきた。うまくごまかしたが、明日支店へ行ったら、早速パソコンを操作して数字を修正しなくてはならない。

これで二回目だった。前回の失敗に懲《こ》りて慎重にも慎重を期してきたのに、うまくいかないものだ。まったく嫌になってしまう。

それにしても、感じの悪い店だった。いや、感じの悪いのは店ではなく、ふみえの方だ。あの、暖簾《のれん》に腕押しのような態度は何だろう。こちらの言うことに少しもまともに反応しようとしない。

教室のどこにいるかも分からない、引っ込み思案で目立たない存在だったくせに、何を偉そうに！

まったく面白くない事ばかりだった。大学を卒業してからろくなことがない。総合職で採用されたというのに、大きな仕事はみんな同期の男性社員が任され、美貴に回ってくるのは吹けば飛ぶような案件ばかりだった。

同期の出世頭で資産家の息子と婚約したが、結納《ゆいのう》まで済ませたのに、一方的に解消されてしまった。それでケチが付いたのか、以後付き合った相手とは、いずれも結婚には至らなかった。

そして気が付けば、自分より後から入行した行員が、自分を追い抜いて出世していた。しかも、その中には女性行員までいたのだ。こんな屈辱があるだろうか。

だから絶対に思い知らせてやろうと決心した。上司にも、銀行にも、行員たちにも。

地下鉄に乗り換え、最寄り駅で降りた。自宅マンションの玄関前で、二人の男に背後から声をかけられた。

「藤崎美貴さんですね」

振り向くと、男は上着のポケットから黒い手帳を出して見せた。

「警視庁捜査二課です。少しお話を伺いたいので、署までご同行願います」

帰宅すると、母はリビングにはいなかった。ヘルパーさんが食事と洗面の世話をして、ベッドに連れて行ってくれたのだろう。

「お母さん、良い？」

ドアの外から声をかけると、返事があったので中に入った。ゆり子は介護ベッドの上部を起こして、雑誌を読んでいた。

「お母さん、今日、良いこと聞いちゃったの。あのね……」

巻から聞いた話を伝えると、ゆり子は目を輝かせた。

「私、今からリルの爪とぎ板の布、電柱に貼ってくるからね」

「リルは、帰って来るかしら」

ゆり子はまたしても心配そうに眉をひそめた。

「大丈夫。きっと帰ってくるわよ。もしダメだったら、専門家に頼むから大丈夫。安心して」

ゆり子はやっと安心したように表情を緩め、頷いた。

リビングに戻ったふみえは、リルの爪とぎ板を持ってきた。表面に貼ってある麻布を剝がし、三センチ角ぐらいに鋏《はさみ》で切っていった。

切り終わると、ガムテープと布を持って家を出た。

家の四方の電信柱の、地面から十センチくらいの所に、ガムテープで布を貼り付けた。近くから徐々に遠くへと移動する。

作業を繰り返しながら、ふみえは自分が周囲の人に恵まれていることを、改めて亡き夫に感謝した。

結婚後わずか五年で夫と死別したことは悲劇だが、その代わり、夫との間に嫌な思い出は一つもない。だから今も尊敬と愛情を抱いていられる。そして聖栄大学の事務局に再就職する世話をしてくれたのは、夫の恩師だった。大学の理事の一人で、出産を機に退職する事務員の後釜《あとがま》に、ふみえを推薦してくれたのだ。

堅実な職を得たことで、ふみえの生活は安定した。看護師だった母が六十代で脳梗塞《こうそく》を発症し、退職を余儀なくされた後も、二人でつましいながらも、落ち着いた生活を送っている。

その生活に潤いを与えてくれたのがリルだった。リルが家出した時は目の前が真っ暗になったが、こうして、見ず知らずの人が貴重なアドバイスを与えてくれた。

私は本当に恵まれてるわ。ありがとう、あなた。

ふみえは夜空を見上げ、心の中で呟《つぶや》いた。

翌日は土曜日で、仕事は休みだった。ふみえはいつリルが帰ってきてもいいように、朝から何処にも出かけずにいた。

すると午後になって、台所の窓に何かぶつかるような音がした。あわてて行ってみると、ガラス越しにリルが見えた。窓枠に飛び乗ったのだ。

「リル！　リル！」

大声で叫んで窓を開けると、すかさずリルは飛び込んできた。

「リル！」

力いっぱい胸に抱きしめた。背中の骨が指に当たるくらいに痩《や》せて、爪は割れ、一本は肉球に刺さって出血していた。しかし、それ以外に怪我《けが》はしていなかった。

「お母さん、リルが帰ってきた！」

ふみえはリルを抱いてリビングに戻った。リルを母に渡すと、泣きながら抱きしめた。

「リル、お腹空《す》いたね。今、ごはんあげるよ」

ごはんの容器にレトルトのエサを入れて持っていくと、リルは母の膝《ひざ》に抱かれたまま、盛大に食べ始めた。


目当ての店はどうしても見つからなかった。

ルミエール商店街は買い物で何度も訪れているので、間違えるはずはない。商店街の中ほどで右に曲がり、最初の十字路で左に折れると、路地に沿って数歩歩けば、焼き鳥の「とり松」と昭和レトロなスナック「優子」に挟まれて、米屋はひっそりと建っていたはずだ。

それなのに、今、目の前にあるのは「さくら整骨院」というシャッターの下りた治療院だった。これはどうしたことだろう？

それにしても、最近は信じられない事ばかり起こる。まさか美貴が銀行のお金を着服して、逮捕されるなんて。

美貴は顧客に架空の高金利の運用を持ちかけて、定期預金の満期金や現金を、累計約五億円も着服していた。定期預金に預けたように見せかけるため、偽装表示を行った通帳を発行して隠蔽《いんぺい》を図っていたという。顧客の一人が預金残高を照会したところ、残高が通帳と不一致であったことが発端となり、事件が発覚したのだった。

美貴が高価なブランド品を身に着けていながら、少しもオーラが感じられなかったのは、それが盗品だったからだ。顧客の金を盗んで買ったものだったからだ。

ふみえは頭を整理して、気を取り直した。そして今度はとり松の戸を引いた。中はカウンターとテーブル席が二つ。炭の香りが漂ってくる。

カウンターの中では七十代の主人が団扇《うちわ》を使いながら焼き鳥を焼き、同年代の女将さんはチューハイを作っていた。カウンターに座っているお客は四人。男性三人と女性一人で、みんな老人だと背中で分かる。

「いらっしゃい」

女将さんがカウンターの中から声をかけた。

「すみません、ちょっとお尋ねします。この近くに米屋という居酒屋さんはありませんか？」

カウンターに座っている客が一斉《いっせい》にふみえを振り向いた。

その中の、頭のきれいに禿《は》げ上がった男性と、髪の毛を薄紫色に染めた女性の顔を見て、ふみえは歓声を上げた。

「ああ、お二人とも、良かった！　ありがとうございました。おかげさまで、リルは無事に帰ってきました。本当に、なんてお礼を申し上げて良いか分かりません」

ふみえは何度も頭を下げてから、二人のもとに近寄った。

しかし、沓掛直太朗《なおたろう》と井筒小巻は、怪訝《けげん》な顔でふみえを見返している。

「あのう、お忘れですか？　猫が家出して困ってた時、爪とぎ板の切れ端を近所の電信柱に貼りなさいって、アドバイスしてくださったでしょ。お陰様で、母も元気を取り戻しました。お二人と米屋の女将さんは、我が家の大恩人です」

「あのね、お客さん」

小巻が両手を伸ばしてストップをかけた。

「お客さんが仰ってる人って、多分うちの亡くなった母だと思うの」

ふみえは口の中で「まさか」と言いかけたが、それより早く直太朗が後を引き取った。

「もう一人はうちの亡くなった親父だと思いますよ。二人とも、もう二十年くらい前に死にました」

「からかうのはやめてください」

ふみえは珍しく少し憤然《ふんぜん》とした。

「私は冗談を言うために来たんじゃありません。お知恵を授けていただいて、母も私も心から感謝してるんです。その気持ちを伝えたくて……」

「まあ、落ち着いて聞いてください」

山羊《やぎ》のような顎鬚《あごひげ》を生《は》やした男性が言った。

「そもそも米屋という店自体、今から三十年ほど前になくなってるんです。女将の秋穂さんが急死して、後継者もなかったんでね。何度か店が入れ替わって今の整骨院で五代目くらいですよ」

釣り師のようなポケットの沢山ついたベストを着た、四人の中では一番若い、それでも七十代後半の男性が先を続けた。

「私たちの親も全員亡くなりました。みんな、生きてたらとうに百歳を超えてる年齢です。あなたが行った米屋も、そこで会った秋穂さん、巻さん、音二郎さんの三人も、この世のものではなかったんですよ」

ふみえは唖然《あぜん》として、しばし言葉を失った。そんなことはとても信じられない。だが、老人たちが嘘《うそ》をついているとも思えない。

小巻がいたわるような口調で言った。

「でもね、最近、米屋で秋ちゃんやうちの親たちに会ったっていう人が、時々訪ねてくるんですよ。みんな、助けられた、悩みが解決したって、感謝してくれてね」

直太朗が続いた。

「秋ちゃんも、ご主人の正美さんも、元は学校の先生でね。二人とも親切で面倒見のいい人だった。だからきっと、あの世に行っても、困った人を見るとほっとけないんじゃないかって、みんなで話してるんですよ」

「あなたも、もし米屋での出会いがきっかけで、抱えてるトラブルが解決したのなら、秋ちゃんも親たちも、あの世で喜んでますよ」

最後に、山羊ひげを蓄えた谷岡資《たにおかたすく》が締めくくった。

老人たちの言葉で、ふみえの心に一瞬兆《きざ》した恐怖心も、今はきれいになくなっていた。

その代わりに湧《わ》き上がったのは、感謝と、不思議な喜びだった。

ああ、それならあの人もあの世で幸せに暮らしているのかもしれない。そして、多分私より先に逝《い》ってしまうお母さんも、寂しがらずに私が来るのを待っていてくれるだろう。

「ありがとうございました」

ふみえはもう一度、老人たちに深々と頭を下げた。

「私の夫も、女将さんたちと同じ所にいるんです。皆さんが元気でやってる姿を見て、とても嬉しくなりました」

ふみえは心の中で、秋穂に語り掛けた。

女将さん、もしうちの主人がお店に行ったら、美味しい手料理を食べさせてやってくださいね。

第四話　写真館とコロッケ

「はい、こちらを見てください」

黒い布をかぶせた写真機の横から顔を出して、写真師が片手を上げた。

秋穂《あきほ》は写真師の手を見て、すまし顔を作ろうとした。ところが急に、鼻の奥がむずむずし出した。「いけない！」と思った時はすでに遅く、立て続けに「ハックション」とやってしまった。

勢いよく頭が下がり、次の瞬間、文金高島田《ぶんきんたかしまだ》の鬘《かつら》が脱げ、ポロリと赤い絨毯《じゆうたん》の上に落ちた。

「ぶははははッ！」

隣に立っていたモーニング姿の正美《まさよし》が噴き出し、盛大な笑い声を立てた。

それにつられて、言葉を失っていた親戚一同も笑い出した。写真師まで笑っている。

「もう、笑い事じゃないわよ！」

と言った途端に目が覚めた。

秋穂はハッと目を開け、ちゃぶ台に伏せていた顔を起こした。いつの間にかうたた寝をしていたらしい。

壁の時計を見ると四時半が近い。そろそろ開店の準備をしなくてはならない。

秋穂は立ち上がって仏壇の前に行き、座り直した。いつものように蠟燭《ろうそく》を灯《とも》し、線香に火を移して香炉《こうろ》に立て、両手を合わせてそっと目を閉じた。

あれには笑ったね。でも、災難だったけど良い思い出になった。あのネタで三年は笑えたものね。

秋穂は合わせていた手を離し、正美の遺影を見つめた。釣り船の甲板で撮ったので、いかにも楽しそうで、屈託のない笑顔だ。十年間毎日この遺影を眺めているせいだろうか、正美のことを思い出すと、一番先に笑顔が現れる。

不思議ね。辛《つら》い事や哀《かな》しい事だってたくさんあったのに、思い出すのはいつも、楽しい事と嬉《うれ》しい事。私ってやっぱり、そうとう能天気に出来てるのね。

今更気づいてどうするの……という、正美の軽口が聞こえた気がした。

じゃ、行ってきます。

秋穂は蠟燭の火を消して立ち上がり、店に通じる階段を下りた。

「いらっしゃい」

その日一番のお客になったのは、古書店……というより古本屋の主人、谷岡資《たにおかたすく》だった。

小麦色に日焼けしているのは、八月の後半、妻の砂織《さおり》と離島で過ごしたからだ。

砂織はその離島にある小学校の教頭で、新婚当初から単身赴任し、別居結婚を続けてきた。島で初の女性校長になる日は近いと言われている。

「飲み物、何が良い？」

おしぼりを差し出しながら訊《き》く。

「そうだなあ。やっぱりホッピーかな」

秋穂はホッピーの瓶《びん》と、焼酎《しょうちゅう》を注いだジョッキをカウンターに置いた。

「暑いと思ってたけど、さすがに九月も半ばになると、八月とは違うわね」

資は美味《うま》そうにホッピーを飲み、秋穂はお通しのシジミの醬油漬け《しょうゆづ》を出した。

「でもまあ、昔に比べればましだよ。俺たちの子供の頃は、家にクーラーなんかなかったもんな」

「そうねえ。でも、暑くてつらかったって記憶もないわ。子供で、元気だったからかしら」

「それもあるけど、昔の夏は今より暑くなかったんじゃないかな。ほら、マンションとかなかったし」

言われてみれば秋穂の子供の頃、新小岩《しんこいわ》にビルディングはほとんどなかった。高いビルは商業ビルで、マンションはなかった。

「先週、銀座《ぎんざ》に行ってきたんだよ。ちょっと裏手の道に入ったら、一画丸々更地《さらち》になってる土地があってさ。向こうのビルの裏側が丸見えなの。そしたら、ビルの壁面にずらっと室外機が並んでてさ、昆虫の目みたいなんだ。ぞっとしたよ。あそこから全部熱風が出るんだから」

資の見た更地は、地上げの跡地だろう。日本はバブル崩壊が始まったばかりだった。

「そうね。一戸建てなら室外機一つか二つだけど、マンションとなったらものすごい数になるわよね」

資はシジミをつまんで、しみじみと言った。

「昔は集合住宅って言えば、長屋か、せいぜいアパートだった」

「あった、あった、長屋」

「俺たちが、リアルで長屋を知ってる最後の世代かもしれない」

「落語家の人は大変ねえ。まるで別世界になっちゃったんだもの。噺《はなし》に出てくる長屋はない、吉原《よしわら》はない……」

「時代劇も大変だよ。若いお客さんは煙草盆《たばこぼん》も長火鉢《ながひばち》も知らないんだから」

煙草盆はキセル用の喫煙セット。長火鉢は箱型の火鉢で、左右に銅壺《どうこ》と引き出しがついていた。暖房兼湯沸かし器として、江戸時代後期から急速に普及し、田舎《いなか》では囲炉裏《いろり》が必需品であったように、町では長火鉢が必需品だった。

「俺の家も、小学校に上がる前は長火鉢があったよ」

時代劇によく登場する長火鉢だが、昭和二十年代までは一般家庭の茶の間にも、ごく普通に置いてあった。

「それにしても最近の時代劇のセットは良くないね。昔のセットの重厚さとは比べ物にならない。ま、映画が斜陽産業になっちまったんだから、仕方ないけど」

秋穂が新しいつまみを出そうとすると、資が言った。

「今日、待ち合わせしてるんだ。脚本学校時代の同期」

資は若い頃、シナリオライターを目指して脚本学校に通っていた時期がある。何度新人賞に応募しても予選落ちで、夢は早々に諦《あきら》めたが。

「その方、うちは初めてでしょ。分かるかしら」

「大丈夫。道は詳しく教えたから」

資の言葉が終わると同時にガラス戸が開き、五十年配の男性が顔を覗《のぞ》かせた。

「よう」

資が片手を挙げると、男性は「どうも」と軽く頭を下げて、店に入ってきた。

「紹介するよ。矢代英人《やしろひでと》さん。麹町《こうじまち》シナリオスクールの同期生で、今は三鷹《みたか》で写真館を経営なさってる」

「まあ、遠くからようこそいらっしゃいませ」

「どうも、初めまして」

秋穂は資の隣に腰かけた矢代におしぼりを差し出した。

「資さん、久しぶりに昔のお友達と会うのに、うちみたいなくたびれた店で良かったの？　新小岩にももうちょっと生きの良い店、あるわよ」

「良いの、良いの。俺たちも相当くたびれてるから、新しい店は疲れちまうよ。な？」

資が同意を求めるように振り向くと、矢代も笑顔で頷《うなず》いた。資は秋穂に向き直った。

「ほらね」

「矢代さんだって違うとは言えませんよ。お飲み物は何にしましょう？」

「ホッピーください」

矢代はおしぼりで手を拭《ふ》きながら付け加えた。

「女将《おかみ》さん、お世辞じゃありませんよ。私ももう、見栄張ってトレンディな店へ行くのは疲れました。近所の居酒屋が一番落ち着きます」

「まったくだよ」

資も大きく頷いた。

「ここは何がどうって店じゃないけど、ちょっと美味いもの出してくれるんだ」

「最高じゃないの。格式ばった店で飯食ったって、気ばっか遣って、美味かないよ」

ホッピーの瓶と焼酎を入れたジョッキを出すと、矢代は慣れた手つきでホッピーを注いだ。

「かんぱい」

「お久しぶり」

資と矢代はジョッキを合わせ、ホッピーを喉《のど》に流し込んだ。秋穂はお通しのシジミの醤油漬けを出し、矢代に言った。

「さっき、ちょっと映画の話をしてたんですよ。時代劇のセットが貧相になったって」

「ま、時代劇に限ったことじゃありませんけどね」

矢代はシジミを一つ口に入れ、意外そうな顔をした。

「美味いですね、これ」

「つかみはオッケー。うちの自慢はこれと煮込みなんですよ」

「期待が膨《ふく》らむなあ」

　矢代は立て続けにシジミをつまみ、ホッピーを飲んだ。

　秋穂は次に里芋《さといも》のガーリックオイル漬けを出した。里芋は九月から出始める、旬の野菜だ。皮ごとレンチンして一口大に切り、鶏《とり》ガラスープをまぶしてから、サラダ油で炒《いた》めたニンニクと一緒に容器に入れておくと、一時間ほどで味がなじむ。冷蔵庫で四日間保存できるが、これは開店前に作ったばかりだ。

「里芋は煮っころがしだけじゃないんだ」

　一口つまんで、資が言った。衣被《きぬかつぎ》と同じく、押し出せば皮から身が離れるので、食べやすい。

「うん。それにホッピーによく合う」

　矢代も資を真似《まね》て、皮から身を押し出した。

「女将さん、映画で言う時代劇って、いつの時代までだと思う？」

　矢代が唐突に尋ねた。

「そうですねえ……明治時代？　それとも戦前かしら」

　矢代と資は顔を見合わせてにんまりした。

「残念でした。正解は、東京オリンピックの前」

資が少し得意そうに答えた。

「あら、まあ」

昭和三十九（一九六四）年の東京オリンピックは、秋穂には「つい昨日のこと」だった。あれからすでに四半世紀以上経《た》つが、その記憶はまだ鮮明だった。女子バレーボールの試合で、ニチボー貝塚《かいづか》がソ連に勝った時は思わず泣いてしまったし、《走る哲学者》と称えられたアベベの快走、世界の友好の象徴のようだった閉会式など、鮮やかに瞼に甦《よみがえ》る。それが「時代劇」とは。

「オリンピックに向けて、いろんな工事をやったでしょう。高速道路造ったりとか。あれで、東京の風景が一変しちゃったんですよ」

「シナリオ学校に特別講師で来てくれた、美術監督さんが話してくれたんだ」

資が後を引き取った。

「江戸末期から、東京の町の大変化は三度あって、明治維新、太平洋戦争、そしてオリンピックだって。中でもオリンピックが一番大きく東京の風景を変えてしまった。確かに江戸から明治になる時も、東京大空襲も東京の風景を変えたけど、極論すればそれは建物だけで、地形までは変えなかった。ところが東京オリンピックは、地形そのものを変えてしまった……」

河川を埋め立てて上に高速道路を通し、街の縦横に高架を築いた。その結果、街の風景は一変した。同時に、街のいたるところに流れていた川は消え、それを利用した水運交通も一気に衰退した。

「日本橋《にほんばし》の上を高速道路が通るんだぜ。信じられないよ」

資はうんざりした顔で首を振った。

「だから、オリンピック前の東京を舞台に映画作ろうとしたら、セット組まない事にはどうにもならない。つまり、美術監督にとっては、時代劇と同じなんです」

「なるほどねえ」

秋穂はぼんやりと記憶をたどった。淀橋《よどばし》浄水場の跡地に京王《けいおう》プラザホテルが建ったのは、二十年くらい前だった。それからあっという間に、新宿の西側には高層ビルが建ち並ぶようになった。街の風景が一変するのに必要な時間は、想像するよりずっと短いらしい。

資と矢代は、かつての同期生たちの消息を語り合っていた。

「……は二十四期の出世頭だな。『土曜ワイド劇場』と『火曜サスペンス劇場』でシリーズ書いてるだろう」

「ああ、船越《ふなこし》警部シリーズと保安員なぎさシリーズね。女房が観てるよ」

「しかし、城戸《きど》賞受賞したっていうのに、結局映画のシナリオを書くチャンスには恵まれなかった。一昔前なら考えられなかったよ」

「大森一樹《おおもりかずき》はたしか、城戸賞を受賞した自分の脚本で監督デビューしたんだよな。『オレンジロード急行《エクスプレス》』だったっけ」

「あれは例外だよ。監督経験のないずぶの素人《しろうと》が、あの大松竹で脚本兼監督でデビューしたなんて、空前絶後、後にも先にも彼一人でしょ」

資はホッピーを飲み干し、秋穂に「中身」のお代わりを注文してから言葉を続けた。

「そもそも、撮影所が助監督募集しなくなっちゃったもんねえ。脚本家だって、仕事くるわけないよ」

矢代も続いてホッピーを飲み干した。

「こっちも中身、お代わりください」

ジョッキをカウンターの上段に置くと、里芋の最後の一切れを口に入れた。

「ところで、商売の方はどう?」

「ぼちぼち。うちは自宅兼店舗で家賃が発生しないから、何とかやって行けるけど、この商売も厳しいよ」

「うちもおんなじ。今は写真館で写真撮るって、少なくなったよね。書き入れ時は七五三と成人式と大学の卒業写真くらいかな」

資と矢代は、揃《そろ》ってホッピーをジョッキに注ぎ足した。

「昔は、写真館に行って写真撮る習慣があったからね。お誕生のときとか、小学校の入学とか、入社試験受けるときの証明写真とか、お見合いの写真とか。そういう特別な行事がなくても、家族で出かけたついでに写真館へ寄るとか……」

資は怪訝《けげん》な顔をした。

「お見合いは、今でも写真館でしょ」

「まあね。でも、昔みたいな、振袖《ふりそで》着て立派な装丁でっていうのは、もう流行《はや》らないな。かさばって郵送する時不自由だから、洋服のスナップ写真がほとんどだよ」

「へえ。俺はお見合い写真っていうと、今でもあの仰々《ぎょうぎょう》しいやつだと思ってた」

「谷岡、お見合いしたことある？」

「ない、ない。うちは学生結婚だから」

「私もないわ。職場結婚だったから」

秋穂はそう言って、新しいつまみを出した。

「甘エビの《魔法のタレ》漬けです」

二人は甘エビを手に取り、殻《から》を剝《む》いて口に入れた。次の瞬間、頰《ほお》が幸せそうに緩《ゆる》み、目がうっとりと細くなった。

「ねっとりしてる。舌にまとわりつくみたい」

「中華の酔っぱらいエビと似てる」

甘エビを殻ごと酒、薄口醤油、みりん、オレンジジュース、ハチミツ、砂糖を合わせて煮たタレに漬け込むだけで、中華料理店で出てくる《酔っぱらいエビ》のような、本格的な味に仕上がる。漬けて二日目が食べ頃で、三日目までに食べ終えるのが鉄則だ。

資も矢代もチュウチュウと音を立てて、甘エビの頭の味噌《みそ》を啜《すす》っている。秋穂は二人に新しいおしぼりを出した。

「それにしても、お互い不景気な話ばかりだな」

「儲《もう》かるのは不動産屋だけ……と思ってたけど、それも怪しくなってきたらしい」

二人は指についた汁を舐《な》めてから、おしぼりで拭いた。

「秋ちゃん、日本酒。ぬる燗《かん》で二合ね」

資が指を二本立てた。

「これ、箸《はし》休めね」

秋穂はナスの青じそ和《あ》えの皿を置いて、徳利《とっくり》に黄桜《きざくら》を注いだ。

「実はさ、うちをマンションに建て替えないかって話が来てるんだ」

ナスを箸でつまみ上げて、矢代が言った。

「へえ」

「親父の代からの店だから、敷地はまああるけど、マンション建てるほどじゃない。でも、業者は駅前で立地が良いから、テナント入れれば充分に採算が取れるって言うんだ。一階と二階に飲食店入れて、スタジオを三階に持ってきて、四階が住まいで」

「ふうん」

資は生返事をした。商才がないのは自覚しているので、何とも言いようがない。

「今は写真館じゃなくて、フォトスタジオなんだとさ」

秋穂は一瞬首をひねった。「フォトスタジオ」と聞くと、カメラマンがモデルを撮影するスタジオのことかと思ってしまう。

「なんだか、プロのモデルさんを撮影する場所みたいに聞こえますね」

燗のついた徳利を二本、二人の前に置いて言った。

「そうそう、思い出した！」

資が頓狂《とんきょう》な声を上げて膝《ひざ》を打った。

「マオがテレビ局の試験受けるとき、履歴書の写真撮るんで行ったんだよ、六本木《ろっぽんぎ》の何たら言うスタジオに！」

資の長女真織《まおり》は、テレビ局のアナウンサー試験を受け、見事合格した。今は卒業後のデビューを目指して研修を受けている。

「そこのスタジオじゃ、化粧も髪の毛のセットもみんなやってくれるんだと。出来上がった写真見せられて、俺は腰を抜かしたね。誰が見てもマオだって分からないくらい、良く撮れてんだよ。ありゃ、詐欺《さぎ》だよな」

「何言ってるの、マオちゃんは可愛《かわい》いわよ」

資は首と片手を同時に振った。

「今度見せてやるよ。秋ちゃんだって、誰だか分かんないから」

「その代わり、料金高いでしょ」

矢代が訊くと、資は何度も頷いた。

「目の玉飛び出るくらい。ま、俺が出したんじゃなくて、祖父さんがへそくり出してくれたんだけど」

資の父の匡《ただす》は谷岡古書店の先代店主で、米屋《よねや》のご常連の一人でもある。

「今はそういう店、増えたよ。うちの方にもある」

矢代は冴えない口調で言うと、手酌《てじゃく》で酒を注いだ。

「美容院や貸衣装屋と提携して、手ぶらで来て全部やってもらえるみたいな」

「それは七五三とか、成人式用の？」

「そういうのもあるけど、ウエディングドレス姿とか」

「花嫁姿は、結婚式場で撮影するんじゃないんですか？」

秋穂の質問に、矢代は苦笑を浮かべた。

「それがね、結婚はしないけどウエディングドレスの写真だけは撮りたいとか、反対に、もう結婚してるけど、結婚式の写真が気に入らなくてもう一度撮り直したいとか、色々あるんですよ。中には中年の女の人が、若い時はお金がなくて式を挙げられなかったから、ウエディングドレスとお色直しの写真撮りたい、とかね。写真集みたいなの作った人もいるらしいですよ」

資は呆《あき》れた顔をした。

「何考えてんだかなあ」

「まあ、分からなくはないけど」

しかし、秋穂は首を傾《かし》げた。

「でも、中年になってウエディングドレス着たら、ものすごいアンバランスじゃないですか？」

矢代は芝居がかって、人差し指を立てて左右に振った。

「そこが写真の魔術ですよ。ソフトフォーカスでシワが目立たないように撮るんです。その前に、原形が分からなくなるくらいメイクしてるみたいだけど」

秋穂も想像してみた。三十年若返らせてくれるなら、今度はウエディングドレスで式を挙げるのも悪くない。しかし、秋穂がウエディングドレスを着たら、正美は「釣りキチ三平」の格好をして式に臨むかもしれない……。

秋穂は煮込みを器によそいながら言った。

「古い人間だからかしら、私は昔ながらの写真館の方が良いわ。お客さんの写真が色々飾ってある……」

昔の写真館は、店の外に写真を飾っていた。子供の頃の秋穂は、写真館の前を通るたびに、飽きずに眺めたものだ。

写真の主はプロのモデルではなく、素人のお客さんたちだった。家族写真もあれば、振袖姿の近所の美人のお姉さんの写真もあった。七五三の記念写真は定番で、入学か卒業か分からないが、学生服姿の男の子や女の子の写真も飾ってあった。お宮参りの赤ちゃんの写真は、祖母らしき女性に抱かれていた。

「そう言ってくれると嬉しいけど……」

矢代は煮込みに七味を振りかけた。

「やっぱり、フォトスタジオに転換していかないと、これからの経営は成り立たないんだろうね」

資は煮込みを口に入れた。牛モツはとろけるように柔らかく、根菜類とこんにゃくにもしっかり味が染みている。

「でも、フォトスタジオも写真館も、お客さんの写真を撮るのはおんなじだろ。新しいものを取り入れたところで、基本は変わらないと思うよ」

資は矢代を励ますつもりで言ったのだが、あまりうまくいかなかった。矢代の表情は冴えないままだ。

「秋ちゃん、お酒、お代わり！」

資は自分を励ますように、景気の良い声で言った。

「次、鮭《さけ》のコロッケ食べる？」

「鮭のコロッケ？」

「挽肉《ひきにく》の代わりに鮭の缶詰使ったの。カルシウムもたっぷりとれて、栄養満点よ」

「もらうよ。矢代も食うだろ？」

「うん。俺、鮭大好き」

矢代の曇っていた顔が少し明るくなった。

「秋ちゃん、そんじゃ日本酒はキャンセルで、ビール一本。揚げ物はやっぱりビールだよ」

資が確認すると、矢代も大きく頷いた。

「油があったまるまで、ちょっと待ってね」

秋穂は冷蔵庫から「コロッケの素」を取り出した。茹《ゆ》でてつぶしたジャガイモと、炒めた玉ネギと缶詰の鮭を混ぜたものだ。少しバターを加えてある。これを成形して《バッター液》にくぐらせ、パン粉を付けて揚げる。

バッター液は小麦粉と卵と水を混ぜた液で、肉屋さんが揚げ物をするときは、たいていこれを使う。バッター液を使うと粉と卵を別々に付ける手間が省け、衣もサクッと揚がるので一石二鳥だ。

油が温まる間に、秋穂はキャベツを千切りにした。揚げ物に千切りキャベツはつきものだが、これは銀座煉瓦《れんが》亭《てい》の初代が考えたアイデアで、それまでは温野菜を添えていたという。

温まった油にコロッケを投入すると、油のはぜる生きのいい音が響いた。中に火が通るに従い、音は穏《おだ》やかになってゆく。衣がきつね色に変わったら、引き上げて油を切る。

「はい、お待ちどおさま」

コロッケに割り箸を入れると、切れ目から湯気が立った。二人はコロッケを食べ、続いてビールを飲んだ。

「なんか、おふくろの味って感じだなあ」

「うん。素朴にうまい」

「でも、コロッケって、実はものすごい手間のかかる料理なのよ。トンカツの方がずっと簡単」

おそらく家庭料理の中で、一番調理工程が多いのはコロッケだろう。ジャガイモの皮を剥く、茹でる、つぶす、玉ネギを刻む、挽肉を炒めると五つの手間をかけないと「コロッケの素」は完成しない。しかもそれから更に、成形し、小麦粉と卵とパン粉を付け、油で揚げるという作業が続く。

「だから私、肉屋さんでコロッケがトンカツより下に見られてるのが、ちょっと気に入らないの。みんな、もう少しコロッケに敬意を払うべきだと思うわ」

資と矢代は、コロッケを頬張《ほおば》りながらにやにやしている。

「古女房みたいなもんかな。身近にいすぎてありがたみが分からない……」

「うちは違うね。別居結婚だから、いつも新鮮だよ。言ってみれば、俺は遠洋漁業の漁師の妻みたいなもんだな」

冗談めかしているが、資の目は真剣だった。

その時、入り口のガラス戸が開いて、新しいお客さんが入ってきた。六十代の男性と、四十前後の女性で、二人とも初めて見る顔だった。男の方は見るからに押しの強そうな、ふてぶてしい面構えだが、女性は楚々《そそ》とした美人だ。

「いらっしゃいませ」

井村均《いむらひとし》は挨拶《あいさつ》も返さず、佐貫春香《さぬきはるか》を振り向いて言った。

「悪いね、こんな店で」

「いいえ、とんでもありません」

井村は真ん中の席にどっかりと尻を載せ、春香はその隣の席に、遠慮がちに腰かけた。

『源八船頭《げんぱちせんどう》』も愛想がない。少しばかり気を遣ってもよさそうなもんなのに」

井村は暗に「俺を誰だと思ってるんだ」と言いたいのだった。せっかく春香を連れて行ったのに、満席で断られた。それで、まだ腹の虫がおさまらない。

「お飲み物は何がよろしいですか」

秋穂は内心「いやな奴」と思いながらおしぼりを差し出した。

「そうだな……」

井村はメニューに目を落とし、途端に顔をしかめた。何という品揃えの乏しさだろう。

ホッピーとサッポロの中瓶とチューハイ三種と黄桜しかない。

「瓶ビール一本、コップ二つ」

注文してから確認するように春香を見ると、小さく頷いた。

井村はぐるりと店内を見回した。壁一面に魚拓が貼ってある。

「今日は、何がお勧めだい？」

秋穂はお通しの小皿を出しながら答えた。

「すみません。あれは亡くなった主人の趣味で、うちは海鮮料理はお出ししてないんです」

井村はぴくりと眉《まゆ》を上げた。海鮮がない？　そんならどうして魚拓を貼っているのだ。詐欺じゃないか。

「このシジミ、美味《おい》しいですね」

井村より一声早く、春香が言った。

「ありがとうございます。台湾《タイワン》料理屋のご主人が教えてくれたんですよ」

秋穂は栓を抜いたビールとグラスを二つ、カウンターに並べた。

「それに、煮込みも美味しそう」

春香はカウンター越しに寸胴鍋《ずんどうなべ》を見やった。

「モツは充分下茹でしてありますから、臭みは全くありません。汁は二十年注ぎ足してやってきたので、いい味になってますよ」

春香は井村を見て、にっこり微笑《ほほえ》んだ。井村はたちまち相好《そうごう》を崩した。

「他に、今日のお勧めって何ですか？」

「そうですねえ。里芋のガーリックオイル漬け、甘エビのタレ漬け、鮭のコロッケ、それと豚肉と高菜《たかな》の炒め煮……」

「みんな美味しそうじゃありませんか」

春香は井村に向かって、とりなすように言った。

「初めてのお店で勝手が分からないから、お任せで出してもらいませんか？」

「そうだね。あなたさえ良ければ、それで」

春香は秋穂に向き直った。

「お任せでお願いします」

「はい、畏《かしこ》まりました」

井村はいやな奴だが、春香は感じが良かった。春香のためにサービスしようと、秋穂は決意した。

「今の店は、そろそろ手狭になってきたんじゃない？」

井村は体の向きを春香の方に変えた。

「まだそれほどでもありません」

「二号店とか、考えてる?」

春香は首を振った。

「今の店がうまくいったのは、やっぱり場所柄もあるので、別の街に出店しても、うまくいくかどうか……」

春香はルミエール商店街でアジア雑貨の店を営んでいる。開店して三年目だが、経営は順調だった。それというのも、ルミエール商店街には台湾、ベトナム、タイなどアジア系の飲食店が多く、お客さんがアジアの雑貨に興味を抱く下地があったからだろう。

他の土地で同じ店を開いても、うまくいくとは限らない。

「ずいぶんと弱気だね。チャンスの女神は前髪しかないって言うのに、ここでためらってると、ブレイクしそこなうよ」

井村はビールを飲み干した。手酌をする気配がないので、仕方なく春香は井村のグラスにビールを注いだ。

井村は春香の店がテナントで入っている建物のオーナーだった。他にもいくつか賃貸物件を所有していて、最近、支店を出すようにしつこく勧めてくる。

今日はたまたま閉店後にばったり会って、食事に誘われた。むげに断れないのでついてきたが、もしかして、春香が店を閉めて一人になるのを待ち伏せしていたのかもしれない。

「女将、ビールもう一本」

井村が横柄に言った。

秋穂は新しいビールを出し、続けて里芋のガーリックオイル漬けと取り皿を出した。

「どうぞ、手でつまんで召し上がってください。新しいおしぼり、お出ししますから」

二人とも指で里芋をつまみ、皮から身を押し出して口に入れた。

「美味しい。里芋とガーリックって、合うのね」

秋穂は春香に微笑みかけた。

「たまたま料理の本に載ってたんです。冷蔵庫で四日もつので、うちみたいな店には重宝します」

春香は頷いて、もう一つ里芋を口に入れた。最近は忙しくて、食事はほぼコンビニと外食になってしまったが、一段落したらまた料理も作ろうと思っている。その時はこの里芋も候補だ。作り置きできるのが良い。

「ぼやぼやしてるうちにダメになった商売、色々あるじゃないか」

井村は話を蒸し返した。

「代表的なのが代書屋とDPE屋だよ。ほら、十年ちょっと前は運転免許センターの前に、代書屋がずら〜っと店構えてただろう。今は一軒もないよ。ちょっと制度が変わっただけで、一発アウトさ。儚《はかな》い商売だったよね」

秋穂は「え？」と思って首を傾げた。先月、江東区《こうとう》の東陽町《とうようちょう》免許センターに免許の更新に行ったときは、東陽町の駅からセンターまで代書屋が軒を連ねていた。わずか一か月であの店が全部なくなるなんて、そんなことがあるだろうか？

「DPE屋も風前の灯《ともしび》だな。昔はちょっとした駅には、近くに必ずDPE屋が店を構えてたもんだけど、最近はほとんど見かけない。デジカメとスマホに押されて、やっていけなくなったわけさ」

秋穂はまたしても「え？」と思った。聞き違いかと思ったが、そうではない。

DPE屋はフィルムを持ち込むと一時間くらいで写真をプリントしてくれる、スピード現像の店だ。主要な駅の近くには必ずあるし、駅の構内に店を構えている例も多い。

この人、何寝ぼけたこと言ってるの？　新小岩の駅前にもDPE屋さん、あるわよ。今日だって西友に買い物に行くとき、前を通ったんだから。それにデジカメって何？

デバ亀の間違いじゃないの？

スマホという言葉にも聞き覚えがなかった。一体何のことだろう。それがDPE屋を駆逐《くちく》したというのだから、なおさら訳が分からない。

井村は秋穂の困惑などまるで気づかず、話を続けていた。

「それに、写真館も風前の灯だな」

聞き捨てならない発言に、矢代も資も秋穂も、思わず耳をそばだてた。

「もう、完全にオワコンだよ。写真はみんな、スマホやデジカメで撮る時代になった。昔みたいに家族で写真館に行って、記念撮影なんかするもの好きはいないよ」

「……そうでしょうか」

静かだが、春香の口調にはどこか決然とした響きがあった。

「私の実家のそばに、写真館がありました。昔ながらの、ごく普通の店でしたけど、そこでお見合い写真を撮ると話が決まるって評判でした。だから、遠くの町からもお見合い用の写真を撮りに来るお客さんがいて、結構流行ってましたよ」

「そういう店は強いよ。ちゃんと売りになる武器がある」

井村は里芋の最後の一つを口に放り込み、おしぼりで指を拭いた。

「前、うちのビルに入ってたテナントのオーナーが言ってた。娘さんがお見合いする時、仲人《なこうど》おばさんに『どこそこの写真館でお見合い用の写真を撮ると、必ず話が決まりますよ』とか入れ知恵されて、申し込んだんだそうだ。都市伝説かと思ったけど、実際にそういう写真館があるんだね」

春香が大きく頷いたので、井村は得意そうに先を続けた。

「その写真屋は店じゃなくて、外で撮るそうだ。安田《やすだ》庭園だっけか、そこへ連れてって、自然の風景の中で撮影したんだと。そうすると、百枚の中には一枚くらい、誰が見ても本人と分からないくらい良く撮れてる写真があるそうだ。そのオーナーも、自分の娘とは思えなかったって言ってたよ」

井村はからからと笑ってビールを飲み干した。

秋穂はおしぼりを新しいものに替え、甘エビの《魔法のタレ漬け》を出した。

「殻を剝いて召し上がってくださいね」

井村と春香はまず身の部分を口に入れ、そのねっとりした食感に目を細めた。

「中華料理の《酔っぱらいエビ》みたい」

「これは日本酒だな。女将、冷《ひや》で一合」

「はい。ただいま」

秋穂は黄桜を徳利に注ぎ、猪口《ちょこ》二つを添えてカウンターに置いた。

井村はまず猪口を干すと、甘エビの頭の部分に口を付け、大きな音を立てて味噌を吸った。

「次は鮭のコロッケですが、よろしいですか？」

春香は嬉しそうに頷いたが、井村は露骨に顔をしかめた。

「コロッケか。貧乏くさい食い物だな」

秋穂は連れの春香のために「貧乏くさいのは、あんたの心よ！」と怒鳴りたい気持ちを抑えた。

「井村さん、コロッケを作るのは本当に大変なんですよ。トンカツの何倍も手間がかかるんです。私、手作りコロッケを出すお店って、尊敬します」

春香にたしなめられても、井村にはカエルの面にションベンだったようだ。

「肉屋じゃ、一個何十円で売ってるよ」

「あれは材料費を考えて付けた値段です。手間だけを考えたら、トンカツより高くなりますよ」

秋穂は心の中で「そうだ、そうだ！　もっと言ってやれ！」と快哉《かいさい》を叫んだ。

「でも、鮭のコロッケって、珍しいですね」

春香は秋穂の方に顔を向けた。

「缶詰を使ったんです。骨まで入ってますから、カルシウム満点ですよ」

「良いわね。私も今度、鮭缶を使ってみるわ」

井村は徳利を傾けたが、水滴しか出てこないので、逆さにして振った。

「女将、日本酒お代わり」

「はい、ただいま」

黄桜を出してから資たちの方を見ると、コロッケを食べ終わり、残ったつまみでちびちびと日本酒を飲んでいる。

「そろそろシメにする？」

「そうだね。頼む」

「ちょっと待ってね」

秋穂はコロッケを油鍋に投入してから、豚肉と高菜漬けの炒め煮を器に盛った。ご飯は開店時間に合わせて炊《た》いてあり、吸い物は超簡単な海苔《のり》吸いにした。

「高菜炒めって美味いよね」

資が豚肉と高菜を見て呟《つぶや》くと、矢代が思い出したように言った。

「そう言えば、脚本学校の伊《い》東《とう》先生が言ってたよな。戦争中長野《ながの》に疎開して、腹が減って大変だったって」

長野は海がないので魚介類の不足は否《いな》めない。

「一番のご馳走《ちそう》が野沢菜《のざわな》の古漬けを炒めたもんだったって。俺、あの時初めて、漬物を炒めるって知ったよ」

資が海苔吸いを啜って言った。

「俺、この前居酒屋で納豆オムレツ食った。普通、オムレツに納豆入れるかな」

「そんなこと言ったら『壁の穴』は昔から納豆スパゲッティ出してるぜ……これ、美味い。肉がすごい柔らかい」

矢代は豚肉と高菜漬けの炒め煮を口に入れ、白いご飯を頬張った。

そうするうちにコロッケが揚がり、秋穂は野菜を添えて皿に盛り、井村と春香の前に置いた。

春香はコロッケを割って、そっと口に運んだ。

「……美味しい。なんだか、懐《なつ》かしい味」

井村もコロッケをつまみ、ビールで流し込んだ。

「鮭って言えば、鮭の中骨缶が流行ってた頃……」

井村は口をへの字に曲げた。

「どこかの策士が『ホワイトデーには鮭の中骨缶がお勧め』とか持ち上げたもんで、山のように缶詰が溜まっちまって、往生したよ」

春香は井村の言葉を右の耳から左の耳へ聞き流し、鮭のコロッケを味わった。その穏やかな味わいは、何処《どこ》か写真館の想い出に通じていた。

「コロッケって、写真館と似てるのかもしれないですね」

独り言のような呟きだったが、矢代はハッとして箸を止めた。

「平凡でありふれているようで、本当は人の手間が沢山かかっていて。多分、見せたい人がいないと写真は撮らないし、食べさせたい人がいないとコロッケは作らない。……面倒くさいもの」

秋穂は春香に小さく頭を下げた。

「お客さん、ありがとうございます。コロッケが喜んでますよ」

「写真館も喜んでるよ」

資が小さな声で秋穂に言った。

どういうわけか、春香は急に、自分の想い出を語りたくなった。見ず知らずの居酒屋の女将と、見知らぬ二人の客に向かって。何故かは分からないが、今、この時を逃したら、一生誰にも打ち明けることが出来ないような気がした。

「私、写真館には想い出があるんです」

秋穂も資も矢代も、黙って春香の話に耳を傾けた。

「家の近所の、何処にでもあるような写真館でした。店の表にはいろんな写真が飾ってあって……」

実際にその店を知らなくとも、秋穂には想像できた。きっと昔、秋穂の家の近くにあった写真館のような店だろう。

「私が中学生の時でした。日曜日に父が、家族で写真を撮ろうと言い出して、母と三人で写真館へ行きました。両親は外出着を着て、私は制服姿でした」

それまで家族で写真館へ行ったのは、七五三と小学校、中学校の入学の時だけだった。どうして何でもない日に、わざわざ家族写真を撮りに行くのか、春香は不思議な気がした。

「私はその時はまだ知りませんでした。実は父は、若年性アルツハイマー症を発症していたんです」

「若年性アルツハイマー？」

聴きなれない言葉で、秋穂はつい訊き返した。

「十八歳から六十四歳までに発症するアルツハイマー症を、若年性と呼びます。症状は、高齢者と同じです」

「ボケるわけ？」

井村は無遠慮に尋ねたが、春香の表情は変わらなかった。

「はい。いくつかの症状がありますが、父の場合は特に、記憶がどんどんなくなっていきました。最後は、母や私が誰かも分からなくなっていました」

家族写真を撮ろうと言った時、両親はすでに病気について、医師から宣告を受けていた。

「だから父は、自分がどうなっていくか、前もって知っていたんです。あの時、父はまだ四十五歳でした」

後から母が話してくれたのだが、父は離婚を申し出たという。

「これから先、俺は壊れていくだけだ。君や春香にも迷惑だけをかけ続ける。そんなことはとても耐えられない。君はまだ若い。これからいくらでも人生をやり直せる。俺のことは忘れて、新しい幸せを摑《つか》んでほしい」

しかし、母は頑として承知しなかった。

「何を情けないこと言ってるの。私たちは夫婦なのよ。恋人でも愛人でも不倫でもない、家族よ。困ったときに助け合うからこその家族でしょう。私も春香も、ずっとあなたと一緒です」

すると、父は苦しそうに顔をゆがめた。

「辛いんだ、情けない姿を君や春香の前に晒《さら》すのが。君はきっと俺を軽蔑《けいべつ》して、重荷に感じるようになる。そんなことになって生きるのが、辛くてたまらないんだ」

父は生まれて初めて母の前で泣き崩れた。母は父を抱きしめ、一緒に泣いた。泣きながら、呪文《じゅもん》のように言い続けた。

「大好きよ、大好きよ、大好き……」

症状が急速に悪化して、父は仕事が出来なくなり、会社を辞めた。

幸いなことに母は理学療法士で、大きな財団法人に勤務していたので、自身の収入で生活を支えることが出来た。しかし、父の症状は悪化の一途をたどった。

「私が高校三年になった時でした。父はマンションのベランダから転落して……亡くなりました」

母は仕事、春香は学校に行っている間の出来事だったので、事故だったのか、それとも自殺だったのかは分からない。それでも母と春香は、父が苦しみから解放されたように感じていた。

「学校へ行く道の途中に、その写真館はありました」

写真館の主人は店の外に、春香親子の家族写真を飾ってくれていた。

「私は毎日学校の行き帰りに、あの時の写真を眺めていました。短い間に父はすっかり様変わりして、昔の面影はなくなってしまいました。でも、あの写真を見るたびに、優しくて冗談の好きだった、明るくて頼もしかった父の姿が甦ってきました。そうすると、父に対する気持ちも新鮮になるんです。だから私は亡くなるまで、ずっと父を大好きでいられました。あの頃の私には、あの写真館は元気の源だったと思います」

秋穂はしみじみと感動した。

矢代は目を潤ませている。

しかし、井村は退屈をもてあますかのように、尻ポケットから取り出した細長い板に見入っている。

この人、何をしてるんだろう？

訝《いぶか》しく思い、板を覗き込もうと首を伸ばしかけた時、突然井村の顔色が変わった。一瞬で全身が凍り付いたように硬直し、次の瞬間には弾《はじ》かれたように立ち上がった。

春香も怪訝に思って声をかけようとしたが、その前に井村はくるりと背を向け、ものも言わずに店を出て行った。そのせかせかとした足取りは、まるで何かに追われているようだった。

「どうなすったんでしょうね」

「さあ」

春香にもさっぱり分からない。だが、井村が出て行ってくれて、気分が清々《せいせい》した。

「女将さん、ぬる燗で一合ください」

「はい、ありがとうございます」

秋穂が徳利を薬罐《やかん》の湯に浸すと、資と矢代が立ち上がった。

「ご馳走さん。お勘定頼みます」

矢代は丁寧《ていねい》に頭を下げた。

「どうもごちそうさまでした。とても美味しかったです」

「いいえ、お粗末さまでした。またお近くにいらした時は、お寄りになってくださいね」

割り勘で勘定を払うと、矢代は春香に近づき、深々と頭を下げた。春香は驚いて矢代を見上げた。

「先ほどは本当に良いお話を聞かせてくださって、ありがとうございました。実は、私の商売は写真館なんです」

「まあ」

「さっきまでは、時代遅れで先のない商売だと思っていました。でもあなたのお話を聞いて、写真館は町の人のアルバムみたいなもんだって気が付きました」

春香は真剣な顔で頷いた。

「細々とでも、私は写真館を続けます。フォトスタジオに名前を変えても、新しいサービスを取り入れても、町の人のアルバムの役目を、忘れずにいようと思います」

春香も立ち上がり、矢代に頭を下げた。

「私もお礼を申し上げます。父のことを話しているうちに、忘れていたものを思い出しました。ありがとうございました」

春香と矢代は目を見交わした。ほんの一瞬、言葉にならない何かが、お互いの心に去来した。大切なものを取り戻した心に。

矢代は資と連れ立って店を出て行った。

秋穂はその後ろ姿を見送りながら、矢代の写真館が末永く続くようにと、心の中でエールを送った。


井村の頭の中は暴風雨が荒れ狂っていた。まともなことは考えられない。何もかも信じられなかった。

先ほどスマートフォンで見たニュースは、ある投資会社に東京地検特捜部が家宅捜索に入ったことを報じていた。おそらく昼間のニュースだろうが、井村は今日は不動産屋と打ち合わせが重なって、テレビも観ていなかった。

なんてこった！

井村はその投資会社に資金を突っ込んでいた。新しく立ち上げる風力発電事業への投資で、年七パーセントの高利回りを保証すると確約されていた。だから、不動産を担保《たんぽ》に金を借り、ありったけ突っ込んだのだ。

なんてこった！

井村は頭の中で何度も繰り返した。

気が変になりそうだった。いや、あの会社の代表の口車に乗った時から、狂っていたのかもしれない。人は欲望に理性を支配された瞬間、狂気の扉を開けてしまうのだ。

ルミエール商店街を駅へ歩きながら、春香は心が澄んでくるのを感じていた。すると、三年越しの不倫相手の顔が頭に浮かんだ。

何の感慨も湧《わ》いてこなかった。「必ず妻とは別れる」という約束が嘘《うそ》だったことにも、とっくに気が付いている。それでも執着を断ち切れなかったのは、愛ではなく、相手の妻への敵愾心《てきがいしん》のなせる業《わざ》だったと、今やっと分かった。

亡き父と母の間にあった絆《きずな》は、自分と不倫相手の間には最初から存在しなかった。そんな相手の誘いに乗ってしまったのは、突然母を喪《うしな》った寂しさで、心が空《から》っぽになっていたからだ。

しかし、今は違う。父と母のことを第三者に語ったことで、想い出が鮮やかに甦り、心を満たしてくれた。もう、傷つくだけの不毛な関係は終わりにしよう。

春香はアーケード街の出口で立ち止まり、スマートフォンを取り出して、LINEの不倫相手をブロックした。番号登録も消そうとしたが、寸前で思いとどまった。番号を消してしまったら、電話に出てしまう可能性がある。もう顔も見たくないし、声も聞きたくない。番号はこのまま残しておこう。そして、かかってきても絶対に出ない。着信拒否が続けば、向こうもいずれ諦める。どうせ浮気だったのだから、未練などあろうはずもない。

春香はスマートフォンをバッグにしまい、再び歩き出した。

通い慣れたルミエール商店街の道を間違えるわけはないのに、目指す店は見つからなかった。

アーケード街の中ほどを右に曲がり、最初の角を左へ折れると、路地の左側にあったはずの店がない。焼き鳥の「とり松」と昭和レトロなスナック「優子」に挟《はさ》まれていた米屋は、シャッターの下りた「さくら整骨院」になっている。

あれからまだ三月《みつき》しか経っていないのに、店が替わってしまったのだろうか。

春香はとり松の引き戸を開けた。

カウンター七席と四人掛けのテーブル席が二卓の小さな店は、焼き鳥の香ばしい匂《にお》いが漂っていた。七十代半ばくらいの主人は団扇《うちわ》を使って串を焼き、同年代の女将さんは生ビールをジョッキに注いでいた。

カウンターには五人のお客が座っていた。男性が四人と女性が一人。男性二人は中年で、他の三人は老人だった。

「あのう、すみません、お隣の米屋さんは閉店なさったんですか？」

カウンターの中で、とり松の主人が無造作に答えた。

「とっくの昔にね。もう三十年くらい昔ですよ」

「うそ！　私、三か月前に行ったんです！」

カウンターの客が一斉《いっせい》に振り返った。その中に見覚えのある顔を見つけて、春香は自分の顔を指さした。

「私のこと、覚えてませんか？　写真館のご主人と、そのお連れの方ですよね？」

連れの男性は、あの時は短い顎鬚《あごひげ》を蓄えていたが、今はきれいに髭を剃《そ》っていて、そのせいか少し若く見えた。

谷岡資の息子の樹《いつき》は、矢代英人の息子の岳人《がくと》と一度顔を見合わせてから、春香に視線を戻した。

「三か月前に米屋にいらっしゃって、私たちに会ったんですね？」

樹の問いに、春香は意気込んで答えた。

「はい。ピッタリじゃないけど、それくらいです。あの時あなたは顎髭を生《は》やしてました」

三人の老人と二人の中年男性は、意味ありげに目を見交わした。そして一同を代表して、頭のきれいに禿《は》げ上がった老人、沓掛直太朗《くつかけなおたろう》が口を開いた。

「お客さん、落ち着いて聞いてください。米屋は女将の秋穂さんが急死して、三十年ほど前に閉店しました。その後店が入れ替わって、今の整骨院で五代目くらいになります」

釣り師のようなポケットの沢山ついたベストを着た老人、水ノ江太蔵《みずのえたいぞう》が先を続けた。

「決して嘘や冗談じゃありません。私たちは通夜《つや》も葬式も出ましたから、確かです」

「で、でも……」

春香は背筋を冷たい手で撫《な》でられたような気がしたが、やっとのことで樹と岳人を指さした。

「私、あなた方二人に会ってるんです。隣の店で、つい三か月前に」

するとと、岳人がハッとした顔になった。

「あなたは、もしかして、亡くなったお父さんの話をしてくれた方ですか？　若年性アルツハイマーを発症したという……」

「ええ、私です。覚えてくれたんですね？」

しかし、岳人は目を潤ませて首を振った。

「あなたが会ったのは、私の亡くなった親父です」

春香は言葉を失った。

「生前、親父が話してくれました。米屋で会った女性の話を聞いて、町の人のアルバムの役目を果たしていこうと決意した、と。写真館は建て替えてフォトスタジオになりましたが、親父は町と人を記録する仕事に意欲を燃やしました。感謝してくれる人も大勢いて、亡くなるまで現役で働き続けました。親父が生き甲斐《がい》を感じながら人生を全《まっと》うできたのは、きっと、あなたのおかげです」

岳人は椅子《いす》から立ち上がり、春香に頭を下げた。

「父に代わってお礼を言います。本当にありがとうございました」

何をどう理解すれば良いのだろう。春香は混乱して、ただ呆然《ぼうぜん》と立ち尽くした。

すると、髪の毛を薄紫色に染めた美容院リズのオーナー、井筒《いづつ》小巻《こまき》が諭《さと》すように言った。

「秋ちゃんが亡くなって、米屋もなくなったけど、どういうわけか最近、米屋で秋ちゃんに会ったっていう人が現れるんですよ。店が見つからなくて、みんなここへ尋ねに来るんだけど」

小巻は優しく微笑んだ。

「秋ちゃんは元は学校の先生でね。親切で面倒見のいい人だったのよ。だからあの世に行っても、困ってる人や悩んでる人を見ると、放っておけないらしいわ。ついお節介焼いちゃうのね」

いつの間にか、春香の心から恐怖心は消えていた。そしてあの夜、米屋で過ごした不思議な時間を思い出し、胸が温かくなるのを感じた。

「そうですね。私も女将さんに助けていただいたようなものです」

父と母の想い出が、不倫の泥沼から救い出してくれた。そして想い出を甦らせてくれたのは、あの時米屋にいた三人の男女だった。

春香は我知らず微笑んでいた。

「私、米屋の女将さんと、写真館のご主人と、顎髭のお連れさんのこと、一生忘れません」

もしかしたら、父と母は、あの世で米屋に通っているかもしれない。それなら二人はきっと幸せだ。だから私も幸せになろう。二人の絆に恥じない、本当の幸せを見つけよう……。

春香は心に誓い、とり松を後にしたのだった。

第五話

めぐりあう秋刀魚

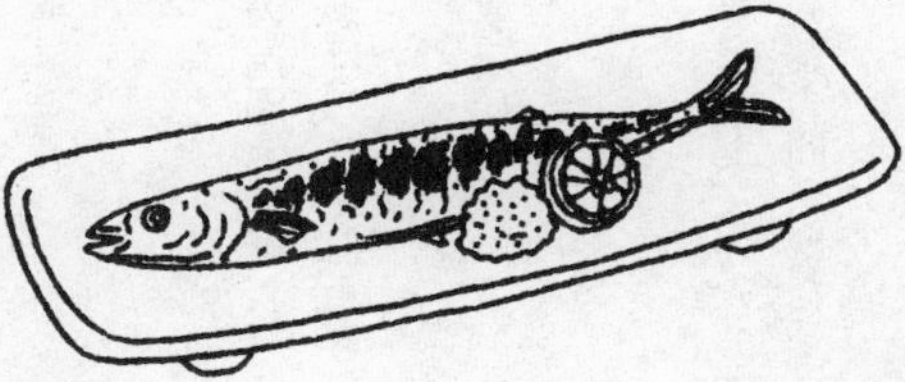

「お写真、如何《いかが》ですか？」

ピエロの格好をした男が、インスタントカメラを片手に、愛想笑いを浮かべて尋ねた。

背後のパネルにはびっしり写真が貼り付けてあった。休日の遊園地は家族連れが多く、秋穂《あきほ》と正美《まさよし》のような若いカップルの姿は少ないので、声をかけられたのかもしれない。

「今日の記念になりますよ」

秋穂は断ろうと思ったが、正美は「じゃ、頼みます」と承知した。

「はい、チーズ！」

秋穂は笑顔を浮かべてカメラの方を眺めた。

パシャッとシャッターが下りたその瞬間、目が覚めた。突っ伏していたちゃぶ台から顔を上げると、ここは三十年前の遊園地ではなく、いつもの茶の間だった。

ずいぶん昔の夢……。

秋穂はあくびをしながら、今見た夢を思い出していた。あれはまだ結婚する前、

「小山《おやま》ゆうえんち」でデートした時だ。

若かったわよねえ。わざわざ栃木《とちぎ》県まで行ったんだもの。

頭の中に「♫おやま、あれま、小山ゆうえんち〜」というCMソングが流れた。たしか「ツツジ花咲く、恋も咲く」という阿呆《あほ》くさい歌詞が続いたはずだ。

そうそう、あんまりバカらしいんで、どんな遊園地か行ってみようって話になったんだわ。

あの時ピエロから買った写真は、その後何処《どこ》かに紛れてなくなってしまった。残っていたら、正美と二人で笑えたのに。

秋穂は立ち上がり、仏壇の前に座った。蠟燭《ろうそく》に火を灯《とも》し、線香を供え、両手を合わせてそっと目を閉じた。

それじゃ、行ってきます。

両手を離すと蠟燭の火を消し、秋穂は店に続く階段を下りて行った。


十月に入るとようやく、本格的な秋の訪れを感じるようになる。九月の残暑は去り、風は乾いて心地よく、空は一段と青さを増す。夏から冬への季節の移ろいをそこここに感じて、人はちょっぴり感傷的になったり、大いに食欲を刺激されたりする。

ここ、葛飾区《かつしか》新小岩《しんこいわ》にも秋は訪れた。道行く人の服装はすっかり秋仕様に変わり、建設工事中の「新小岩駅南口駅ビル」は十二月の落成に向けて、最後の仕上げの真っ最中だ。南口駅前に広がるルミエール商店街では、秋のバーゲンセールが始まっている。

ルミエール商店街を中ほどで右に曲がり、最初の角を左に折れると、路地の左側に「米屋《よねや》」はある。焼き鳥の「とり松」と昭和レトロなスナック「優子」に挟《はさ》まれて、貧弱な赤提灯《あかちょうちん》を軒に下げてひっそりと建つ、何処にでもある小さな居酒屋だ。

女将《おかみ》の米田《よねだ》秋穂が一人で営む素人《しろうと》居酒屋だから、大したものは出ない。一番の売りは、創業当時から注《つ》ぎ足しで煮込んでいる牛モツ煮込みだろう。それでも常連さんの厚意に支えられ、開店からすでに二十年になる。飲食店の七割は開店から三年以内に閉店する業界で、二十年は立派なものだ。

最初の十年は夫の正美の釣ってくる魚で海鮮料理を出していたが、正美が亡くなってからは秋穂のワンオペになり、海鮮料理はメニューから消え、作り置きとレンチン料理がメインになった。

しかし最近、秋穂はメニュー開拓に意欲を見せ、ちょっとしゃれた料理を出すようになった。そのせいか、たまに一見《いちげん》さんも店を訪れる。中には冴えない居酒屋にはふさわしからぬ、セレブ感を漂わせる人や、人に言えない悩みを抱えた人、深いわけありの人もいた。

ひょっとして、今夜もそんな一見さんがやって来るのだろうか？

「こんにちは」

店を開けると同時に入ってきたのは、隣のスナック「優子」のママ、志方優子《しかたゆうこ》だった。

カウンターの端から二番目の席に腰を下ろすと、小物入れから煙草《たばこ》を取り出した。

「今日は何がある？」

「秋刀魚《さんま》」

「塩焼きで頼むわ。それと野菜もの、何か」

「キャベツ炒《いた》めは？」

「うん、それで良い。あと、小鉢《こばち》何か」

「はい、すぐに」

秋穂はおしぼりを渡し、ウーロン茶をグラスに注いで出した。

優子は下戸《げこ》で、酒が飲めない。「酒が飲めなくて、よくスナックのママが務まるね」

と言われると、「仕事中に酒飲む人、いないでしょ」と言い返す。

優子は煙草を一本出してくわえ、口紅の形をしたライターで火をつけた。長く伸ばした爪には、きれいにマニキュアが施されている。秋穂と優子は同い年だが、さすがにスナックのママは身ぎれいにしていて、化粧も決まっている。

秋穂は秋刀魚に塩を振り、魚焼きのグリルに入れた。次にキャベツの葉を三枚剝《は》がし、ざっと洗ってざく切りにした。フライパンを熱してサラダオイルを入れ、キャベツを放り込んだら酒を振りかけ、手早く炒める。味付けはオイスターソース。簡単で美味《うま》い。

「お待ちどおさま」

キャベツ炒めの皿を出し、続いて小鉢に絹ごし豆腐を半丁置き、上に自家製の「なめたけ」をかけて出した。

「キノコ、色々入ってるわね」

「秋はキノコの季節だから。エノキだけじゃつまんないでしょ」

エノキ、椎茸《しいたけ》、しめじ、舞茸《まいたけ》を酒と市販のめんつゆで煮てある。保存が利《き》いて、豆腐やご飯にかけても良いし、汁ものに加えても良い。味噌汁《みそしる》の実にもなる。

秋刀魚が焼き上がると優子は煙草を吸い終え、灰皿でもみ消した。秋穂は大根おろしと酢橘《すだち》を添えて皿に盛った。

「いただきます」

吸い物はわかめの味噌汁。わかめはインスタントの乾燥わかめだ。

優子は箸《はし》を取り、まず味噌汁に口を付けてから、秋刀魚に箸を伸ばした。週に一〜二回、七時の開店前に、優子は米屋に晩ごはんを食べに来る。家ではほとんど料理をしないので、時々ちゃんとしたごはんが食べたくなるという。

優子の店では乾き物しか出さない。お客さんが他のつまみを所望した時は、とり松か米屋に電話して出前を頼む。だから優子はとり松と米屋のお得意さまでもあった。

優子がスナックを開店したのは、十五年前だった。その頃から出前の注文はあったが、米屋に開店前の栄養補給に来るようになったのは三年前からだ。それまでは家で普通に食事を作っていた。

三年前、優子の一人娘の瑞樹《みずき》は諍《いさか》いの末に家を出た。消息は今も分かっていない。それ以来、優子は食事を作るのをやめてしまった。他人に弱みを見せるような性格ではないから、それまでと変わらず気丈《きじょう》に店を続け、落ち込んだ様子もない。しかし、食事を作る気力を失うほど、ダメージは大きかった。

優子は瑞樹をほとんど溺愛《できあい》し、将来に期待もしていた。有名大学を卒業したのだから、一流企業に就職して、エリートサラリーマンと結婚してほしいと望んだはずだ。それが、妻子ある男と不倫した挙句《あげく》、二人で駆け落ちしてしまったのだから、その落胆は察するに余りある。しかも、瑞樹はどうやら妊娠していたらしい。

秋穂も中学生の頃から瑞樹を知っていた。聡明でしっかりした少女だった。大人になってからもその印象は変わらない。それがどうしてこんな《不始末》をしでかしたのか、いくら考えても分からなかった。ただ一つ、瑞樹が《人生の落とし穴》にはまってしまったということ以外は。

「秋刀魚、美味《おい》しいね」

「でしょ。見るからに脂《あぶら》乗ってるもん」

優子は魚の食べ方が上手《うま》くて、皿の上にはきれいに身を剝がされた骨だけが残っている。俗にいう《猫またぎ》状態だ。

秋穂は食後のほうじ茶を淹《い》れて出した。

「昔、河岸《かし》にいた頃、秋刀魚の好きなお客さんがいてさ」

優子は若い頃、築地《つきじ》場内の食堂で働いていた。お客さんはほとんど場内に出入りする「商売人」なので、店は早朝に開けて昼前に閉店した。

「店に来ると『秋刀魚焼いつくれ』って言って、ビール頼んでさ。焼けると、ちょちょっとつまんで『ごっそうさん』って、すぐ帰っちゃうの。お皿見ると、はらわたのとこしか食べてないのよね。あれ、かっこいいなと思ったけど、真似《まね》できないわ。秋刀魚、身も美味しいもんね」

「普通はそうよ」

秋穂は空《あ》いた皿を片付け始めた。優子は小物入れに煙草をしまい、財布を取り出して尋ねた。

「今日、何がお勧め？」

優子はスナックに来たお客さんに、秋穂の言った料理を勧めてくれる。

「秋刀魚と秋鮭《あきざけ》。鮭はキノコと蒸し焼きにして、バター風味。あとは長ネギの磯辺《いそべ》焼き。昆布《こぶ》茶と青のりかけてあるの。お酒が進む味よ」

煮込みは毎度のことなので、言うまでもない。

「分かった。どうも、ごちそうさま」

優子は勘定を払い、自分の店に戻っていった。

入れ違いに入ってきたのは、悉皆《しっかい》屋の沓掛音二郎《くつかけおとじろう》と、古本屋の谷岡匡《たにおかただす》だった。

音二郎はカウンターに座ろうとして、ちらりと後ろを振り返った。

「さっきの、隣のママさんだろう？」

「うん」

「娘からは、まだ何も言ってこないのかい？」

「そうみたい。私は何も聞いてないわ」

秋穂は二人におしぼりを手渡した。聞くまでもなく、飲み物はホッピーと決まっている。

「今日、秋刀魚の良いのが入ってるけど、シメに食べる?」

「もらう。秋はやっぱり秋刀魚だ」

秋穂はお通しのシジミの醬油漬けを出した。

「しかし、あれだな。隣の娘、いい大学出たんだろ?」

音二郎はホッピーで喉《のど》を湿して言った。

「それがまあ、何が悲しくて、女房子供のいる男に引っかかるかなあ」

「色の道ばっかりは、誰にも分からないんだよ。お釈迦《しゃか》様だって親鸞聖人《しんらんしょうにん》だって、苦労してるんだ」

匡はシジミをつまみ、ジョッキを傾けた。

「もしかしたら、ずっと母一人子一人だったんで、父親みたいな相手に惹《ひ》かれたのかもしれない」

音二郎はフンと鼻を鳴らした。

「お巻《まき》さんとこの孫だって母一人子一人……まあ、祖母《ばあ》さんもついてるが、ちゃんとした相手と結婚してるぜ」

美容院リズの経営者井筒巻《いづつまき》は、離婚してシングルマザーになり、その娘の小巻《こまき》も離婚してシングルマザーになって、美容院を継いだ。小巻の娘の真咲《まさき》は、巻と小巻に言わせれば「鳶《とんび》が鷹《たか》を生んだような」娘で、北海道大学の医学部を出て医者になり、同期生と結婚して、今は夫婦で札幌《さっぽろ》の私立病院で働いている。

「真咲ちゃんも、瑞樹ちゃんも、タイプは似てるのよ。頭が良くて真面目《まじめ》で努力家で」

秋穂は自家製なめたけをかけた絹ごし豆腐を、二人の前に置いた。

「同じ道を歩いてたのに、途中で別の角を曲がってしまった……そんな気がする」

そこへ噂《うわさ》をすれば何とやら、井筒巻が入ってきた。

「いらっしゃい。今、お宅の真咲ちゃんの話が出たのよ」

巻はちらりと微笑《ほほえ》んだ。真咲のことで悪い話が出るわけがないと承知している微笑みだった。

「ぬる燗《かん》ね」

「秋刀魚の良いのが入ってるけど、シメにどう？」

「もらうわ。秋刀魚が出ると、やっと秋だなって気がする」

秋穂は黄桜《きざくら》の一合徳利《とっくり》の燗を付けた。

「近頃、真咲ちゃんどう？　お子さん、二歳でしょ。ちょこまかするようになって、大変なんじゃない」

真咲は一昨年、双子を出産した。二歳児はわけもわからずあちこち動くようになるので、親は目が離せない。《悪魔の二歳》と呼ばれる所以《ゆえん》だ。三歳になれば一応親の言うことを理解できるようになり、判断力も向上するので、一安心できる。

「向こうのお母さんが面倒見てくれてるらしいよ。何せ、家政婦のいるうちだから、何とかなるだろう」

巻はさばさばした口調で言う。ある意味《玉の輿《こし》》だったので、巻と小巻はなるべく出しゃばらないように気を遣っている。

「中身、お代わり」

早くも一杯目を飲み干して、匡がジョッキを挙げた。

「こんなの、どうかしら」

秋穂はジョッキに焼酎《しょうちゅう》を注ぎ足してから、三品目のつまみを出した。長ネギの磯辺焼きだ。

「なかなか乙《おつ》な味だな」

一本つまんだ音二郎が感心した声で言う。

「昆布茶と青のりをまぶしてあるところがミソなの」

五センチくらいの長さに切ったネギを、ゴマ油でじっくりと焼く。焼くことでネギの甘味が引き出されるので、あとはどんな味付けでも合う。ポン酢と唐辛子《とうがらし》を混ぜた汁に漬けても美味しい。

「シメが秋刀魚だから、軽いもんにしたわ。今日は、煮込みはお休みする？」

音二郎と匡は胃のあたりに手をやって、相談するように顔を見合わせた。

「そうさなあ。しかし、もう一品、何か肉っぽいやつを食いたいな」

「蒸し鶏《どり》は？　肉だけど、煮込みよりはさっぱりしてる」

「うん、それもらうわ」

「俺も」

すると手酌《てじゃく》で酒を注いでいた巻が顔を向けた。

「秋ちゃん、あたしも音さんたちと同じでお願い」

「はい」

まずは、自家製なめたけをかけた絹ごし豆腐を出した。巻は一口食べて、納得した顔で頷《うなず》いた。

「これ、良い味だね。売ってるなめたけは、あたしには甘すぎて。これは酒が進むよ」

音二郎はジョッキのホッピーを飲み干して、中身のお代わりを注文すると、巻の方に向いた。

「さっき、お巻さんとこの孫と、隣のスナックの娘のことが話に出たんだよ」

巻は思い出すように宙を眺めた。

「ああ。出て行ってから、もう何年になるかねえ」

「三年」

秋穂は焼酎を注いだジョッキを音二郎に返した。

「そう。そんなになるかねえ」

巻は気の毒そうに呟《つぶや》いた。

「隣の娘は、何処で間違えちまったかね。どっちも親には自慢の娘だったのに」

音二郎はジョッキにホッピーを注ぎながら言った。

「どういうもんだろうねえ。ただ、あたしはうちの真咲は運が良かったのかもしれないと思ってるよ。一歩間違えたら、隣のみっちゃんと同じことになってたかもしれない」

瑞樹は大学生になるまで、優子と一緒に美容院リズに通っていた。

「もしかして、悪い虫でもいたのかい？」

「そういうわけじゃないけどさ……」

巻は徳利を傾けて猪口《ちょこ》を満たした。

「真咲もみっちゃんも、大学に入るまで勉強一筋だったろ。男と付き合ったこともない。そういう子は免疫《めんえき》がないから、黴菌《ばいきん》が入るといきなり重症になるんだよ」

真咲は医学部だったので、入学後も講義と実習で忙しく、男性と付き合う暇もなかった。瑞樹は文学部だったので、サークル活動その他、学生生活を謳歌《おうか》する時間はたっぷりあった。

「騒動になる前に、何とかならなかったのかなあ。母一人子一人だっていうのに」

匡がやり切れないと言った顔で頭を振った。

「無理だね。若い女が男にのぼせ上がったら、親のことなんか頭からふっとんじまう」

音二郎がにやりと笑った。

「身に覚えのあるクチだな」

「大いにね」

巻は悪びれない口調で続けた。

「あたしも親の反対押し切って、別れた亭主と結婚したからね。ところが小巻が生まれた時は、もうこいつとはダメだなって分かってた。水は飛び込んでみない事には、冷たさが分かんないんだよ。まったく、『親の意見となすびの花にゃ千に一つも無駄はない』とは、よく言ったもんさ」

巻は乾いた笑いを漏らして猪口を干した。

「秋ちゃん、ぬる燗、もう一本付けて」

「はい」

返事をしながら、秋穂はふと思いついた。

「恋愛って、目つぶしみたいなもんなのね。恋が冷めたら顔も見たくない相手にも、心惹かれることもある」

「だから厄介《やっかい》なんだな」

匡がホッピーの残りを飲み干した。

「秋ちゃん、俺もぬる燗」

秋穂は二人に燗酒を出し、冷蔵庫から蒸し鶏を入れた容器を取り出した。料理の本にフライパンで作るお手軽蒸し鶏が載っていたので、早速試してみたのだ。

鶏もも肉に塩をすり込んで、フライパンに長ネギの青い部分、生姜《しょうが》、酒、水、ゴマ油少々と一緒に入れたら、蓋《ふた》をして中火にかける。蒸気が回ったら六〜七分弱火で加熱し、火を止めたらそのまま五分置いて蒸らす。鶏肉の身に浅く切れ目を入れておくと、早く火が通って身が縮むのも防げる。

「はい、どうぞ」

食べやすく切って皿に盛り、醤油と和辛子《わがらし》の小皿を添えた。

「そのままでも食べられるけど、お好みでどうぞ」

音二郎と匡は早速箸を伸ばし、蒸し鶏を口に運んだ。

「うん、なるほど。こりゃさっぱり食べられる」

酒と生姜の効果で、さっぱりした味わいになる。

「夏の暑い盛りに、こいつでビールを飲《や》りたいな」

秋穂は巻にネギの磯辺焼きを出した。

「これもお酒に合うわよ」

秋穂は思い切って訊《き》いてみた。

「優子さん親子はこれからどうなるのかしら」

「まあ、間違いなく男とは別れるだろうね。女だってバカじゃないから、熱が冷めりゃホントの姿がハッキリする」

巻は猪口を干してから先を続けた。

「一番良いのは、母親に詫《わ》び入れて、子供連れて帰ってくることなんだけど、あそこは親子とも意地っ張りだからねえ」

「おばさんはどうだったの？」

「あたしも意地っ張りだから、親を頼る気にはなれなかった。それに美容師としての腕もあったし。だからなんとか母子二人、食いっぱぐれないでやってこれたけど」

巻はそこで溜息《ためいき》を吐《つ》いた。

「みっちゃんは手に職もないからね。しばらくは親を頼った方が良いんだよ。少し落ち着いたら、新しい仕事も見つかるさ。元々出来の良い子なんだから」

「しかし、啖呵《たんか》切って駆け落ちしたんだろう。帰りにくいよな」

音二郎は蒸し鶏を口に入れ、ぬる燗を啜《すす》った。

「人間、一生に一度は恥も外聞も捨てて、頭下げなくちゃいけない時があるんだよ。意地張って身体壊したり、ノイローゼになったりしたら、子供はどうなるのさ」

巻は瑞樹が出産したという前提で話している。だが、無事に子供が生まれたかどうか、誰も知らないのだ。

「優子さんの方から瑞樹ちゃんに、帰ってきてほしいっていうメッセージを伝えれば、何とかなるんじゃないかしら」

口に出さなくとも、優子はそれを望んでいるだろう。孫の顔だって見たいに違いない。

「でも、居所も分からないんじゃ、無理よね」

「昔は、新聞の尋ね人の欄《らん》に出したよな。『音二郎、みんな許す。帰ってこい』とか、あっただろう」

匡は同意を求めるように言ったが、音二郎は首を傾《かし》げた。

「そんなもん、今の若い子は見ねえよ」

「優子ママにしたって、そんな広告は出さないよ、きっと」

巻はネギの磯辺焼きの最後の一本を齧《かじ》った。

「それとなく勧めてみようかな。急には気持ちが変わらないだろうけど、もう少し時間が経《た》てば……」

秋穂は冷蔵庫から蒸し鶏の容器を出し、巻の分を切り分けた。

と、入り口のガラス戸が開いて、女性が一人入ってきた。初めてのお客さんで、年齢は秋穂と同じくらいだろう。

「いらっしゃいませ」

挨拶《あいさつ》すると、女性は小さく頭を下げて、一番端の席に腰を下ろした。何か衝撃を受けたのか、動揺しているのが感じられた。まるで我が子でも抱くように、古い単行本を両手で胸に抱きしめていた。

秋穂はおしぼりを差し出してから、コップに水を注いでカウンターに置いた。

「すみません」

豊川《とよかわ》えみりは出されたコップに手を伸ばし、一息にごくごくと飲んだ。胸の鼓動が聞こえるほど動悸《どうき》が激しかったが、少しだけ落ち着いてきた。

秋穂はえみりの様子を見て、敢《あ》えて注文は訊かなかった。

「秋ちゃん、そろそろ秋刀魚焼いてくれ」

音二郎が声をかけると、巻も続いた。

「あたしもね」

秋穂は冷蔵庫から秋刀魚を三尾取り出し、まな板の上に置いて塩を振りかけた。魚焼きのグリルに点火して、網が熱くなるのを待って、秋刀魚を載せた。

ようやく動悸が治まって、えみりは溜息を吐いた。慎重に単行本をカウンターに置き、ページを開いた。そこにはインスタントカメラで撮った写真が一枚、挟み込まれていた。

やがてこらえようもなく、涙があふれてきた。涙は本のページの上にぽとぽとと落ちた。えみりはあわててショルダーバッグからハンカチを取り出し、涙を拭《ぬぐ》った。写真を濡らしてはいけない。

魚を焼くいい匂《にお》いが鼻腔《びこう》に流れ込んできて、えみりは顔を上げた。店の女将も先客の老人たちも、えみりのことは見て見ぬふりをしてくれていた。そこでやっと、自分が居酒屋にいるという自覚が生まれた。

「あの、ビールください」

「サッポロの中瓶《ちゅうびん》になりますけど？」

「はい、結構です」

えみりは写真と本を手に取り、じっと見比べた。間違いない、あの時の写真だった。二人で行った「としまえん」。スピード写真を撮っていた人に勧められて、写してもらった写真だ。あれが最後のデートになった……。

ああ、それならこの本は間違いなく、私がプレゼントしたものだ。筒井康隆《つついやすたか》の『文学部唯野教授』。あの年のベストセラーだった。私は読んですっかり気に入って、新《しん》にも勧めたのだ。この本を買ったのは新小岩の第一書林《だいいちしょりん》だった。それが同じ新小岩の、近くの古本屋にあるなんて。しかも三十年も経っているのに。

これは奇跡だろうか？　それとも……。

「こちら、お通しです」

秋穂はシジミの醬油漬けを出した。

「ありがとう」

えみりはビールを一口飲んでから、ほとんど義理でシジミをつまんだ。すると、その美味しさに少し驚かされた。梅干しの風味と、シジミの旨味が効いている。

その時、店の電話が鳴った。

「はい、米屋でございます」

受話器を取ると、優子の声が耳に届いた。

「隣ですけど、煮込み一つとさっきのお豆腐一つ、お願いします」

「はい。すぐに伺います」

秋穂は手早く器に料理を盛り、ラップをかけて盆に載せた。

「すみません、すぐ戻りますんで」

秋穂はお客さんたちに断って、店を出た。

スナック優子のドアを押すと、カラオケの音が流れ出てきた。カウンターにお客さんは三人で、一人がマイクを握って声を張り上げている。優子はカウンターの中にいてマイクを握り、お客に合わせてデュエットしていた。

「お待ちどおさま」

カウンターに割り箸を添えて器を置くと、優子は歌いながら会釈《えしやく》し、片手を立てて拝む真似をした。

「どうも、失礼しました」

秋穂は米屋に戻り、カウンターの中に入った。秋刀魚はちょうど、焼き上がる寸前だ。

「あっち、どうだった？」

音二郎が訊いた。

「盛況だったわよ」

米屋のご常連は高齢者が多いこともあって、スナック優子には行かない。反対に、スナック優子のご常連は、出前を取ることはあっても米屋には来ない。どういうわけか、うまい具合に住み分けが出来ていた。

えみりはシジミを食べ終わり、にわかに空腹を感じていた。秋刀魚はじゅうじゅうと音を立てて焼けていて、炎が上がったくらい脂が乗っている。その匂いは、いやが上にも食欲中枢《ちゅうすう》を刺激した。おまけに今日は、仕事が立て込んで昼食を食べる暇がなかった。夕食もまだで、そろそろ八時に近い。空腹は限界に達しようとしている。

「はい、お待たせしました」

三人の先客に焼き立ての秋刀魚が供された。続いてご飯と味噌汁も。

えみりの腹はぐうと鳴った。店内を見回すと、壁一面に貼られた魚拓が、いやでも目に付く。どうやらここは、海鮮居酒屋のようだ。

「あのう、今日のお勧めのお魚は？」

えみりが聞くと、女将さんは申し訳なさそうな顔をした。白い割烹着《かっぽうぎ》を着て化粧気もないが、さっぱりした人好きのする顔だった。

「すみません。あれは亡くなった主人の趣味で、うち、海鮮料理は出してないんですよ」

えみりは一瞬がっかりしたが、すぐ気を取り直した。

「ええと、それじゃ、他にお勧めは？」

「うちは煮込みが売りなんです。それと、今日は秋刀魚の良いのが入りました。あと、秋鮭とキノコの蒸し焼き、自家製なめたけを載せた冷や奴《やっこ》、ネギの磯辺焼き、蒸し鶏、海老《えび》入り春雨スープ……」

えみりは先客たちの皿を横目で見た。秋刀魚は外せない。

「ええと、それじゃ、煮込みと冷や奴、最後に秋刀魚定食ください」

「はい、ありがとうございます」

えみりは秋刀魚の焼ける匂いを嗅ぎながら、なめたけのかかった冷や奴と煮込みを肴《さかな》にビールを飲んだ。自家製らしいなめたけは、キノコが何種類も入っていた。牛モツ煮込みは柔らかく、濃厚な旨味があるのに臭みやしつこさはまるでなかった。

この店、意外と拾い物だったかもしれない。

古本屋で偶然『文学部唯野教授』を見つけて手に取り、懐《なつ》かしくて買い求めた。ページを開いた途端、あの写真が出てきてショックを受け、頭が真っ白になった。めまいがしそうで、とりあえず駆け込んだのがこの居酒屋だった。

焼き立ての秋刀魚はよく太っていて、ちょうど食べごろだ。皿にはたっぷりの大根おろしと、四つ切りの酢橘が添えられていた。

ご飯を食べ終わると、えみりは満ち足りた気持ちになった。女将さんが頼まなくても、食後のほうじ茶を出してくれたのも嬉《うれ》しい。

「お客さん、そちらのご本ですけど……」

秋穂はカウンターに置かれた『文学部唯野教授』を指さした。表紙の感じから、新刊ではないようだ。

「この先の古本屋さんで買ったんです」

えみりが答えると、秋穂は匡の方を見て微笑んだ。

「おじさん、お客様よ」

匡はえみりに向かって会釈した。

「お買い上げ、ありがとうございます。私、あの店の隠居です」

「まあ」

こんな偶然があるだろうか。えみりはまたしても動悸がしてきた。

「この本、私が昔、第一書林で買って、ある人にあげた本なんです。それが、巡り巡って、三十年ぶりで私の手元に戻って来たんです」

秋穂も匡も、驚いて口を半開きにした。しかし、どうして自分の本と分かるのだろう？

「……ご署名入りだったんですね」

秋穂の問いに、えみりは首を振った。

「写真が挟んであったんです」

えみりは本を開き、挟んであった写真を手に取って、秋穂たちに見えるようにかざした。

「三十年前、彼ととしまえんに行ったときの写真です。写真屋さんがいて、お客さんをポラロイドで撮って売ってたんです。私たち、記念に撮ってもらいました」

「ああ、昔、遊園地には写真屋さんがいましたね」

秋穂にも覚えがある。正美と「小山ゆうえんち」に行ったとき、インスタントカメラで写真を撮ってもらった……。

「そのお写真、見せてもらってよろしいですか？」

えみりは頷き、秋穂は写真を手にした。若い男女が幸せいっぱいの顔で写っていた。

えみりの面差しはその頃とあまり変わっていないが、青春真っただ中の輝きはすでにない。

きっと、私と正美さんも、あの時はこんな顔をしていたんだろう。

誰にも青春があったのだと思うと、秋穂は目頭が熱くなりそうだった。

「こっちもいいかね？」

音二郎が尋ねた。

「ええ、どうぞ」

音二郎、匡、巻は順番に写真を眺めた。

「二人とも、良い顔してるねえ」

巻がしみじみと言った。

するとえみりの胸に抑えがたい感情が込み上げてきた。三十年間抑え続けてきたが、今、この瞬間、ダムが決壊したかのように溢《あふ》れ出してくる。どうにも止められない。

えみりは感情の赴《おもむ》くまま、話し始めた。

「私たち、大学二年の時、夏休みのアルバイトで知り合いました。彼は別の大学でしたが、私の通っていた女子大とは、昔から交流のある学校でした。それで、初対面から親近感が湧《わ》いたのかもしれません。……正直言うと、お互いに一目《ひとめ》惚《ぼ》れでした。映画や小説でしか起こらないと思っていた事が、現実に起こったんです」

彼は「卒業したら結婚しよう」と言った。もちろん、えみりは承知した。幸せの絶頂だった。

「でも、夏休みが終わると、彼とは連絡が取れなくなりました。アパートも引き払っていて……完全に音信不通になってしまったんです」

えみりは膝《ひざ》の上で両手を握り合わせた。のたうつ激情を握りつぶそうとするように。

「ひと夏の恋と言えば聞こえはいいですけど、要するに、私、遊ばれて捨てられたんです。それを認めるまでには時間がかかりました。でも、他に考えようがありません」

その経験は、えみりの心に深い傷を残した。トラウマになったと言ってもいい。それ以後、長く男性不信が続いた。三十近くなってようやく回復してからも、近づいてくる男性を心から信じることが出来なかった。

そのせいだろうか、付き合った男性とは、みな結婚に至らず破局してしまった。

秋穂はえみりをじっと見つめた。結婚しなかったことを悔やんでいるようには見えない。初恋の男性のことも、もう恨んではいないようだ。負の感情に凝り固まっている人は、全身から重い空気を発散しているものだが、えみりにそんな気配はない。

「失礼ですけど、お客さんはどんなお仕事をなさってるんですか？」

「今はインテリアデザインの仕事をしています。小さな会社ですけど、何とか」

今日新小岩に来たのも、ルミエール商店街に新しく店をオープンする予定のお客さんから、内装の相談を受けたからだった。プランを練って提示して、気に入ってもらえた。

「今度の仕事は、前のお客さんが紹介してくれたんです。私、新小岩で仕事いただくの初めてで」

彼は新小岩のアパートに住んでいた。思い出したくなくて、敬遠気味だったのは否《いな》めない。

「ちゃんとしたお仕事を持って、立派にやってらっしゃるんですね」

「近頃の女の人は、たいしたもんだね」

秋穂も音二郎も、感心したように言った。

えみりは謙遜《けんそん》して「そんなことありません」と答えたが、何故《なぜ》かまたしても、どうしても話したい衝動に駆られた。

「実は、私、結婚を申し込まれているんです」

相手は店の内装を任せてくれたレストランのオーナーで、五年前に奥さんを亡くしていた。子供はいない。誠実で信頼できる人柄だった。そして、えみりも相手に好意を感じていた。

「それは、おめでとうございます」

話したということは、プロポーズを受けるつもりなのだろう。しかし、えみりは表情を曇らせた。

「でも、迷っているんです」

「何か問題でも？」

えみりは自分でも、どうして会ったばかりの見ず知らずの人たちの前で、自分のプライバシーを話しているのか、よく分からなかった。しかし、ここですべてを打ち明けないと、後悔するような気がするのだ。

「ええ。相手の方ではなく、私自身の問題です」

「どういうことでしょう？」

「愛される理由が、私にあるかどうか、心配なんです」

第一書林で『文学部唯野教授』を買った時、同じ平台に二《に》谷《たに》友《ゆ》里《り》恵《え》の『愛される理由』が積まれていたのが、記憶の底から浮かんできた。

「私は生まれて初めて、心から愛した男性に捨てられました。真剣に愛し合っていると信じていたのに、結婚の約束までしたのに、彼は突然、理由も言わずに私の前から姿を消してしまいました」

古い言い方をすれば「弊履《へいり》のように捨てられた」のだ。

「それは、私のどこかに『愛されない理由』が、『愛するに足らない理由』があったからじゃないかと、そんなことを考えました。そうしたら、怖くなってしまったんです。今はプロポーズしてくれたこの人も、ある日突然、私に愛想《あいそ》を尽かすんじゃないかって」

「そんなことはありません！」

教師時代に返ったような声に、えみりは呆気《あっけ》に取られて秋穂を見上げた。

「あなたの初恋の人は、絶対にあなたをだましたり、もてあそんだりしたんじゃありません。どうにも仕方のない事情があって、涙を呑《の》んであなたのもとを去ったんです」

えみりは一瞬言葉を失ったが、どうにか気を取り直した。

「そんなこと、どうして分かるんですか？　あなたは新に会ったこともないのに」

「会わなくたって分かります」

秋穂はえみりと新の写真を指さした。

「この顔です。心からあなたを愛してる人の顔です。邪心がある人は、こんな風に笑うことはできません。こんな目をすることはできません」

占い師でもないのに、何を言ってるの……と言いたい気持ちを、えみりは抑えた。その気持ちの裏側に、秋穂の言ったことが真実であるようにと、祈る気持ちが潜んでいるからだ。

「おねえさん、あたしもそう思うよ」

巻がえみりの方を向いた。

「あたしは美容院をやっててね、これまで大勢のお客さんの髪を整えてきた。髪の毛は顔にくっついてるもんだから、顔も見ることになる。だから、顔を見ると何となく、人柄が分かるんだよ。このおにいさんは、真面目で誠実な人だ。女をだましたり捨てたりなんて、出来ない顔だよ」

えみりはもう一度写真に目を落とした。彼は嬉しそうに笑っている。あの時の笑顔、あの時の二人。としまえんで過ごした一日と、デートを重ねた日々が心に甦《よみがえ》る。

あの時、彼の言葉に嘘《うそ》はなかったはずだ。あの時、彼は確かに自分を愛していたはずだ……。

「どんな事情があったのか、私には分かりません。でも、一つだけ分かります。その人がお客さんの前から姿を消したのは、傷つけるつもりだったんじゃありません。傷つけまいとしたんです」

秋穂の言葉が、えみりの胸に沁《し》みいった。

「お客さん、幸せになってください」

えみりは伏せていた目を上げた。

「この方はお客さんの幸せを願っています。信頼できる方と出会ってプロポーズされたのなら、結婚して、幸せになってください」

「そうだよ」

巻は励ますように言った。

「おねえさん、結婚しなよ。あんたは福相だ。幸せになれるよ」

えみりは両の瞼から涙があふれてくるのを感じた。

嬉しくて泣くなんて初めて……いや、二回目だ。彼と初めて結ばれた時も、嬉しくて涙があふれたのだから。

「ありがとうございました」

えみりは椅子《いす》から立ち上がり、深々と頭を下げた。

「私、皆さんのこと、一生忘れません。本当にありがとうございました」

「どうぞ、お幸せに」

えみりは大事そうに本をショルダーバッグにしまい、何度も頭を下げて、店を出て行った。

「しかし、野郎の方は、どうしていきなり姿をくらましたのかなあ」

音二郎が納得できない顔で呟いた。

「何故なのかしらねえ。もしかして、どっかの国の王子様だったりして」

「『ローマの休日』じゃあるまいし」

巻がまぜっかえした。

秋穂はえみりが帰った後のカウンターに目を遣《や》った。

「本だって巡り巡って、三十年ぶりに持ち主の元に返ってきたんだから、瑞樹ちゃんも帰ってくればいいのに」

「まったくだ」

巻と音二郎は同時に頷いた。


その夜は二人連れ、三人連れのお客さんが何組か入り、米屋の席は十一時過ぎまでに二回転した。

今日は大入りだったし、そろそろ閉めようかな。

秋穂がカウンターを出ようとした時、ガラス戸が開いて、若い男性が顔を覗《のぞ》かせた。

初めて見る顔だった。そもそも米屋のお客は高齢者が多く、若い男性はほとんど来ない。

「今から、良いですか？」

丁寧《ていねい》な口調から、筋の悪い客でないことが分かる。

「どうぞ、どうぞ。ただ、今日は売り切れのメニューもあるんですが、ご容赦《ようしゃ》くださいね」

「すみません。ちょっと小腹が空《す》いちゃって」

高見《たかみ》新はカウンターの左端の席に腰を下ろした。

「お飲み物は？」

「ビールください」

「サッポロの中瓶になりますけど、よろしいですか」

「僕、サッポロ好きなんで」

にっこり笑って答えたので、秋穂はたちまち好感を抱いた。

「お通しです」

シジミの醬油漬けの他に、なめたけを載せた冷や奴もサービスした。どうせこのお客さんで最後になるのだ。

「これ、美味いですね」

案の定、シジミを食べて感心した顔になった。冷や奴も「美味い」を連発して、ぺろりと平らげた。

秋穂は、いや、秋穂に限らず料理人は、美味しそうに沢山食べる人が大好きだ。つい
サービスしたくなる。

「これもお通しね」

ネギの磯辺焼きも出してあげた。

「ありがとうございます」

新は再び笑顔になった。秋穂はふと、その顔をどこかで見たような気がしたが、思い
出せなかった。

「あの、ご飯もの、何がありますか?」

「それがねえ……」

今日はシメに「秋刀魚定食」を注文するお客さんが多く、秋刀魚は品切れになった。

おまけにスナック優子からおにぎりの注文が五人分も来て、ご飯もなくなってしまった。

「海老入りの春雨スープはあるけど」

「春雨かあ。ちょっと軽いなあ」

秋穂はここで奥の手を出した。

「お客さん、塩昆布のスパゲッティ、召し上がる?」

「塩昆布？」

「これが美味しいのよ」

茹《ゆ》でたパスタをオリーブオイルと塩昆布で和《あ》えるだけだが、昆布の塩気と旨味が絶妙にパスタに絡《から》み、字面からは想像のできない美味しさになる。

「絶対美味しいから。お勧め」

「そんじゃ、もらいます。美味かったら家でもやってみます」

秋穂は手早く塩昆布パスタを仕上げ、新の前に出した。

「お箸でどうぞ。うちはフォークなんて置いてないから」

「いただきます！」

新は箸でパスタをつまみ、蕎麦《そば》のように啜りこんだ。次の瞬間、秋穂に顔を向け、左の頬《ほお》に人差し指を立てて「ボーノ！」と叫んだ。

「ホント、美味いですね。びっくり」

秋穂は夢中でパスタをたぐっている新を見て、つい口走った。

「今、お客さんの座っている席に、三時間前まで女のお客さんが座ってたの……」

そして、えみりと巡り合った本と写真、姿を消した恋人の話を語った。

「不思議なことがあるもんですね」

新はパスタを食べ終え、箸を置いた。

「ご馳走様《ちそうさま》でした」

秋穂は空《から》になった皿を下げ、ほうじ茶を淹れた。

「僕には、心から愛した女性《ひと》がいました」

それまでとは違う口調に、秋穂は思わず振り返った。

「彼女も僕を心から愛してくれました。僕たちは、大学を卒業したら結婚しようって約束しました。でも、僕はその約束を果たすことはできなくなりました」

秋穂は黙って続きを待った。

「新学期の始まる直前、突然胃に激痛があって、血を吐きました。そのまま救急搬送されたんですが、そこで……」

新がスキルス性胃癌《いがん》の末期にあることが判明した。

「すぐに埼玉《さいたま》から両親も駆けつけてきて、僕は別の病院に転院しました」

そこは終末期の患者の緩和《かんわ》ケアを行う、いわゆるホスピスだった。

「僕は両親に頼んで、彼女に僕の消息が知れないように、僕の生活していた痕跡《こんせき》を消してもらいました」

「どうしてそんなことを？」

新は苦しげに顔をゆがめた。

「心から愛し合った人が、わずか二十歳で死んでしまったら、彼女がどれほど悲しむか。立場を変えて想像するだけで、僕は身を切られるような思いでした。彼女にこんな辛《つら》い思いは、絶対にさせたくない。残された時間で彼女のために出来ることは、それしかなかったんです」

恋人に捨てられたことで、しばらくは悲しむだろう。しかし、彼女はまだ若い。新しい出会いがあるはずだ。新しい恋人が出来れば、過去の不実な男のことなど、すぐに忘れるに違いない。きっと思い出すこともなくなるだろう……。

「それに、僕にも見栄があった。可哀想《かわいそう》な男と思われるより、不実な男と思われる方が、まだましだったんです。それに、病み衰えた姿を彼女に見られることにも、耐えられなかった」

「後悔はないんですね？」

新ははっきりと頷いた。そして、急に元の口調に戻った。

「実はこれが、大失敗だったんです。何とも間抜けな話で、誤診だったんですよ！」

新は声を立てて笑ったが、秋穂は笑う気にはなれなかった。その言葉が真実でないと直感したからだ。

「もう、病院を訴えてやろうと思いましたよ。退院して、彼女のもとに駆け付けたら、新しい恋人が出来てたんです。二人はもうラブラブで……尻尾《しっぽ》を巻いて退散するっきゃありませんでしたよ」

新はあくまで明るい口調で言うと、秋穂の顔を見返した。

「お勘定してください」

秋穂は嚙《か》んで含めるように、ゆっくりと言った。

「あなたの恋人は幸せになりました」

新はハッと息を呑んだ。

「時間はかかりましたが、誠実で信頼できる方と出会って、結婚なさるそうです。あなたのしたことは間違っていませんでした。あなたの献身が、彼女を幸せにしたんですよ」

新の目が涙で潤み、瞼からあふれ出した透明な粒が、頰を伝って流れた。

「ありがとう」

新は震える声で告げ、店を出て行った。

そう、あなたは正しかった。

消えてゆく背中を見送りながら、秋穂は心の中で語り掛けた。

二十歳と五十歳とでは、死に対する感受性が違う。若者にとって死はこの世の終わりで、永遠の決別を意味する。もし、二十歳のえみりが恋人の死に直面したら、哀《かな》しみのあまり、その時点で心を病んでしまったかもしれない。新はそれこそ命を懸けて、恋人の心を守ったのだ。

あなたのおかげで、愛する人は新しい幸せをつかんだんですよ。

秋穂はもう一度、声を出さずに新に言った。

一昨日来たばかりの道だというのに、目指す店は見つからなかった。えみりはルミエール商店街の真ん中で立ち止まり、しきりに周囲を見回した。

このアーケード街の中ほどで右に曲がり、最初の角を左に折れる。その路地の左側に、確かに米屋はあったはずだ。左隣は焼き鳥屋「とり松」、右隣は昭和レトロなスナック「優子」、その二軒に挟まれてひっそりと建っていた米屋は、シャッターの下りた「さくら整骨院」に替わっている。

いったいこれは、どうしたことだろう……。

えみりはとり松の引き戸を開けた。

「あのう、すみません」

店内はカウンター七席、テーブル席二卓。カウンターの中では、七十代半ばくらいの主人が団扇《うちわ》を使いながら焼き鳥を焼き、同年代の女将がホッピーを準備していた。

カウンターには入り口に背を向けて、四人の客が座っていた。男性三人と女性一人。いずれもかなりの高齢だと背中で分かる。

「この近くに、米屋という居酒屋はありませんか？」

カウンターに並んでいた客たちが、一斉《いっせい》に振り返った。その中の三人の顔を見て、えみりは「あっ」と声を上げた。

「先日はありがとうございました。私、プロポーズをお受けしました。皆さんと米屋の女将さんのおかげです」

えみりは近寄って話しかけたが、沓掛直太朗《なおたろう》も谷岡資《たすく》も井筒小巻も、キョトンとした顔をしている。

「私のこと、お忘れですか？　親切にアドバイスしてくださったでしょ」

しかし、資と小巻は顔を見合わせるばかりだ。

一同を代表して、直太朗が口を開いた。

「お客さん、申し訳ないが、米屋はもうありませんよ。三十年くらい前に閉店しました。女将の秋穂さんが急死したんです。跡継ぎがなかったので、それから何度か店が替わって、今の整骨院で五代目くらいですよ」

「まさか！」

えみりはちょっと声を高くした。

「本当です。私たちは通夜《つや》にも葬式にも行ってますから、確かです」

水ノ江《みずのえ》太蔵《たいぞう》が後を引き取った。

「私、一昨日お店に行ったばかりです。あなたとも会ってます」

小巻は言いにくそうに眉《まゆ》をひそめた。

「それ、きっとうちの母だと思いますよ。もう亡くなって二十年くらいになるけど」

「うちの親父も、亡くなってそれくらいかな」

資は思い出すように指を折った。

「でも、私、一昨日お宅の店で、この本買ってるんですよ」

えみりがショルダーバッグから『文学部唯野教授』を取り出すと、資と小巻の表情が引き締まった。

「もしかして、三十年ぶりに戻ってきたとかいう本ですか？」

えみりが頷くと、小巻は意を決したように先を続けた。

「今から言うことは、亡くなった秋ちゃんからの伝言です。信じる信じないはあなた次第ですが。三十年前、恋人が姿を消したのは、スキルス性胃癌で末期にあることが分かったからです。あなたを悲しませないために、敢えて不実な男と思わせて、あなたの前から消えました。以上」

三十年前、秋穂から託された伝言だった。これを伝える日が来るとは思わなかったが、遂に来た。

言葉を失って呆然《ぼうぜん》と立っているえみりに、直太朗が優しく言った。

「最近、米屋で呑んだ、秋ちゃんや亡くなった俺たちの親に会ったっていう人が、時々現れるんだよ。みんな、米屋が見つからなくて、ここへ尋ねにくるんだ」

「秋穂さんは元々学校の先生でね。親切で面倒見のいい人だった。それであの世に行っても、困った人を見ると放っとけなくて、お節介焼いてるんだろうって、みんなで話してるんですよ」

太蔵が言うと、資が後を引き取った。

「どんな事情があるか知りませんが、もし、米屋に行って秋ちゃんや俺たちの親に会って、少しは役に立ったのなら、みんなあの世で喜んでますよ」

最後に小巻が言った。

「お客さん、もし今がお幸せなら、これで亡くなった恋人の方も、浮かばれるってもんですよ」

えみりの胸の中に、潮が満ちるように温かな感情が満ちてきた。すべてが溶け合って、優しく包み込んでくれるようだった。

「ありがとうございました」

えみりはもう一度、深々と頭を下げた。顔を上げると、声に出して叫びたくなった。女将さん、美容院のマダム、古本屋のご主人、皆さん、ありがとう！

そして新、ありがとう！　あなたのおかげで私、今、幸せよ！

あとがき

皆さま、『写真館とコロッケ　ゆうれい居酒屋3』を読んでくださって、ありがとうございました。作品をお楽しみいただけたら、こんな嬉しいことはありません。

早いもので、今作でこのシリーズも三作目。そして今年からは、六月と十二月に新作をお届けできることになりました。冬になったらまた、書店さんでお手に取ってみてくださいね。

さて、前作『スパイシーな鯛』のあとがきにも書きました通り、作品の舞台である新小岩つながりで、地元の東京聖栄大学と、母のことでお世話になった平井の「魚政《うおまさ》」のご主人鈴木さんに、不思議なご縁がつながって、こういうこともあるのかと、しみじみ感慨にふけったものです。

すると今回もまた、新たなご縁に巡り合いました。

ホッピービバレッジ株式会社三代目社長の石渡美奈《いしわたりみな》さんは、自ら看板娘となって東奔西走、日本全国にホッピーの魅力を宣伝していらっしゃるのですが、その石渡さんがMCを務めるラジオ番組「看板娘ホッピー・ミーナのHOPPY HAPPY BAR」(月曜〜金曜ニッポン放送・他)にゲスト出演させていただいたのです!

石渡さんは私の作品は読んだことがなかったそうですが、今年、とある空港の書店コーナーで何気なく『ゆうれい居酒屋』を手にしたら、いきなりホッピーが登場したのでビックリ。「是非番組にお呼びしたい!」と、とんとん拍子で出演が決まったのです。

ホッピーは低糖質、プリン体ゼロのヘルシー飲料です。私も今やすっかりホッピーファンです。スタジオで供していただいたホッピーはとても美味しくて、収録中にジョッキ二杯も飲んでしまいました(笑)。

そして第三話「新小岩のリル」に登場するエピソードは、実は私の実体験です。十数年前、外遊びをしていた先代猫が家に帰ってこなくなり、私は朝晩近所を捜して回りましたが、見つかりませんでした。一週間過ぎて諦めかけ、当時食堂の同僚だったAさんに愚痴ったところ「それは迷子になったのよ。猫の臭いの付いた布を小さく切って、家の周りの電信柱に貼ると良いよ。猫が嗅げるように、低い位置にね」とアドバイスをしてくれました。すると、なんと、翌日に猫は無事に帰ってきたのです!

Ａさんは私より五歳ほど年長で、とても気の合う友人であり、食堂の大変な時期を共に力を合わせて乗り切ってきた盟友でもあります。福祉や介護にも詳しくて、母に要介護認定を取るように勧めてくれたのも彼女でした。それまで私には自分の母親のことを役所に相談するという発想がなかったので、Ａさんの助言でどれだけ助かったか分かりません。

編集者と新作の打ち合わせをしているうちに猫の話になり、自然とＡさんの助言を思い出して、作品に取り入れました。「新小岩のリル」は感謝を込めて、Ａさんに捧げます。

私の場合、偶然の成り行きでアイデアが浮かび、それが過去の実体験と結びついて作品として結実してゆくことがよくあります。だから「人生すべてネタ」と言っても過言ではありません。オレオレ詐欺に遭いそうになった経験も、ＤＶ猫に引っ掻かれて右手が腫れあがってしまった経験も、すべて作品の肥やしになりました。

これからも過去に経験したこと、これから経験すること、すべてを重ね合わせて、新しくなろうとしている新小岩を舞台に、色褪せぬ人の情を書いてゆきたいと思います。

皆さま、また冬の新作でお目にかかりましょう！

皆さま、本文を読んで、気になる料理はありましたか？

この『ゆうれい居酒屋』シリーズのレシピでは、作り置きと時短を心がけております。第一作の「塩昆布のスパゲッティ」は特に評判が良くて、簡単で美味しかったというお声をたくさんちょうだいしました。

今回も手間のかかる料理とお金のかかる料理は載せておりません。

お気が向いたらどうぞ、レッツ、クッキング！

「ゆうれい居酒屋3」時短レシピ集

お通し

卵黄の醤油漬《しょうゆづ》け（冷蔵庫で4日間保存可能）

〈材　料〉作りやすい分量

卵（Mサイズ）…5個　みりん・醤油…各80cc　昆布…5センチ角

〈作り方〉

1. 卵を殻《から》のまま冷凍庫に入れ、1日以上冷凍する。

2. 卵を冷凍庫から出し、室温なら半日、冷蔵庫なら1日かけて解凍する。

3. 鍋《なべ》にみりんを入れて火にかけ、アルコールを飛ばしたら火を止め、醤油と昆布を加えて冷まし、保存容器に移す。

4. 解凍した卵を割り、黄身だけを**3**に漬ける。時々容器を動かして黄身を転がし、冷蔵庫で1日置けば出来上がり。

☆卵を冷凍するのは、余分な水分を飛ばして旨味を凝縮するためです。生のまま漬けたものとは出来上がりの濃厚さ、ねっとり感が違います。

トマトの土佐酢《とさず》漬《づ》け（冷蔵庫で４日間保存可能）

〈材　料〉作りやすい分量

トマト（完熟）…６個　キュウリ…２本　茗荷《みょうが》…４本　塩…適宜《てきぎ》

土佐酢［出汁《だし》…６００cc　純米酢・みりん・薄口醤油…各１２０cc］

〈作り方〉

1. 土佐酢の材料を混ぜ合わせておく。
2. トマトはヘタを取り、お尻の部分に十字に切り込みを入れ、熱湯に浸《つ》けてから冷水にとり、湯剝《ゆむ》きする。
3. 保存容器にトマトを並べ、全体が浸かる程度に土佐酢を注ぐ。
4. キュウリと茗荷を薄切りにし、塩揉《しおも》みして水気を絞り、別の保存容器に入れて土佐酢を注ぐ。
5. **3**と**4**を冷蔵庫に入れ、半日以上置いて味をなじませる。

6. 器にトマトと漬け汁の土佐酢を入れ、**4**のキュウリと茗荷をトッピングする。

☆キュウリと茗荷は飾りなので、面倒だったら省いてOKです。

自家製なめたけ（冷蔵庫で1週間保存可能）

〈材料〉３〜４人分

エノキ・椎茸《しいたけ》・舞茸《まいたけ》・しめじ…各１パック

めんつゆ（表示にある、蕎麦《そば》のつけ汁くらいに水で薄めた状態で）…６００cc

塩…小匙《こさじ》１

〈作り方〉

1. 椎茸は石づきを切り落として4等分する。

2. 舞茸としめじは石づきを取り、食べやすい大きさに切る。

3. エノキは石づきを切り落として半分の長さに切る。

4. めんつゆを鍋に入れて中火にかけ、沸騰《ふっとう》したらキノコ類と塩を加え、しんなりするまで煮る。
5. 粗熱《あらねつ》が取れたら保存容器に移し、冷蔵庫で保存する。

☆出汁を作るのが面倒なら、市販のめんつゆをどんどん利用しましょう。
☆市販品はエノキだけのなめたけが多いですが、季節のキノコを何種類も入れて作ると美味しいですよ。
☆お豆腐や大根おろしにトッピングすれば、立派なお通しです。

里芋《さといも》のガーリックオイル漬け（冷蔵庫で4日間保存可能）

〈材　料〉２人分
里芋…５～６個　鶏《とり》ガラスープの素…小匙１　ニンニク…１片
オリーブオイル…１００cc　塩…ひとつまみ　パセリ…適宜

〈作り方〉

1. 里芋は洗って皮付きのまま耐熱容器に入れ、ラップをかけて電子レンジ600Wで5分加熱する。硬いようなら上下を入れ替えてラップし、さらに1~2分加熱する。

2. 粗熱が取れたら一口大に切り、鶏ガラスープの素をまぶす。

3. ニンニクはみじん切りにする。

4. フライパンにオリーブオイルとニンニクを入れて弱火にかけ、香りが出てきたら塩を加えて火を止める。

5. 耐熱保存容器に**2**と**4**を熱いうちに入れて混ぜ、1時間ほど置けば出来上がり。

6. 食べる時にパセリのみじん切り（乾燥パセリでも可）をかける。

☆ここでは里芋を皮付きのまま調理していますが、気になる方は皮を剥いてください。

一品料理

台湾《タイワン》風チャーシュー（冷蔵庫で１週間保存可能）

〈材　料〉作りやすい分量

豚肩ロースブロック…５００g　サラダ油…適宜　黒胡椒《くろこしょう》・和辛子《わがらし》…適宜

Ａ［水…５００cc　紹興酒《しょうこうしゅ》・醬油…各２５０cc　ザラメ…１２０g
赤唐辛子《あかとうがらし》…１本　ニンニク…２分の１株　生姜《しょうが》…１片　長ネギの青い部分…
２本分　八角《はっかく》…２片　五香粉《ごこうふん》…３g　粒黒胡椒…大匙《おおさじ》１］

〈作り方〉

１．豚肉の塊《かたまり》にところどころ、フォークで穴をあける。

２．フライパンにサラダ油を入れて熱し、豚肉を転がしながら表面に香ばしい焼き色を付ける。この段階で中まで火を通す必要はない。

３．厚手の鍋に**Ａ**を入れて強火にかけ、沸騰したら肉を入れて３分煮て、火を止める。

4. 肉が浮いてこないように落し蓋《ぶた》をして、粗熱が取れたら鍋の口をラップとアルミホイルで二重に覆い、輪ゴムをかけて留め、中央に竹串で穴を1つ開ける。そのまま常温に戻るまで半日ほど放置する。

5. 表面に浮いた脂《あぶら》を取り除く。保存するときは煮汁ごと容器に移して冷蔵庫へ。

6. 食べる際は薄切りにし、電子レンジで室温くらいまで温め、黒胡椒を振る。和辛子と、もし面倒でなければ長ネギの斜め薄切りを添えて食べると美味しい。

☆時間はかかっても手間はかかりません。余熱で仕上げた肉はしっとり柔らかです。

魔法のタレ（冷蔵庫で2週間保存可能）

〈材　料〉作りやすい分量

日本酒・みりん・薄口醬油…各90cc　100％オレンジジュース…50cc

ハチミツ・砂糖…各大匙1

〈作り方〉
1. 材料をすべて鍋に入れ、強火にかける。
2. 沸騰したらアクを取り、アルコール分が飛んだら火を止める。
☆和食の三同割《さんどうわり》をお手本に、オレンジジュースとハチミツと砂糖で甘味のバランスを取ったタレです。肉、魚、野菜、どんな食材にも使え、和風にも洋風にもアレンジ可能です。

イワシとキウイの魔法のタレかけ

〈材　料〉作りやすい分量
イワシの刺身…1尾分　キウイ…2分の1個　魔法のタレ…小匙2　塩…適宜
レモンの皮…適宜

〈作り方〉

1. キウイは皮を剝いて薄い半月に切り、器に盛る。

2. キウイの上にイワシを載せ、塩を振り、全体に魔法のタレをかける。

3. レモン（柚子《ゆず》や酢橘《すだち》など、柑橘《かんきつ》系なら何でも）の皮をすり下ろし、イワシの上に振る。

☆一見不似合いな取り合わせですが、魔法のタレの甘い醬油味が両者をつなぎ、嚙《か》むほどに味がまとまってゆく不思議な美味しさです。

甘エビの魔法のタレ漬け

〈材　料〉作りやすい分量

甘エビ（殻付き、生食用）…1パック　魔法のタレ…適宜

〈作り方〉

1. 甘エビを殻ごと保存容器に入れ、魔法のタレを注いで漬ける。
2. 冷蔵庫に保存して2日目が食べ頃、3日目までに食べ終えること。

☆エビの身が、ねっとりとした食感で舌にまとわりつきます。
☆ゴマ油、白髪《しらが》ネギ、レモンを添えて食べると味の変化が楽しめます。

キュウリとザーサイ炒《いた》め（冷蔵庫で6日間保存可能）

〈材　料〉 ４人分
キュウリ…３本　生姜…１片　ザーサイ…50ｇ　ゴマ油・醬油…各大匙１
塩・胡椒…各適宜

〈作り方〉
1. キュウリはヘタを切り落として縦半分に切り、長さ4～5センチに切る。
2. 生姜は千切り、ザーサイは粗みじんに切る。
3. フライパンにゴマ油、**2**を入れて弱火で炒める。

4. 強火にしてキュウリを加えてさっと炒めたら、醬油を回し入れ、火を止めて塩・胡椒で味を調える。

☆キュウリは強火でさっと炒めてください。日本料理ではあまりやりませんが、中華ではキュウリの炒め物は色々あります。生とは違った美味しさを楽しんでください。

豚肉と高菜漬《たかなづ》けの炒め煮

〈材　料〉 作りやすい分量

豚肩ロースブロック…400g　高菜漬け…400g　砂糖…小匙1

日本酒…大匙2　黒胡椒…適宜　水…200cc　塩…適宜

A [長ネギ…2分の1本　生姜…1片　ゴマ油…大匙1]

〈作り方〉

1. 豚肉は一口大に切り、砂糖を揉みこむ。

2. 高菜漬けは粗みじん、長ネギと生姜はみじん切りにする。

3. 鍋にAを入れて中火にかけ、香りが出たら1を加え、黒胡椒と日本酒を振ってさっと炒める。

4. 鍋に水と高菜漬けを加え、沸騰してアクが出たら取り除き、蓋をして弱火で40〜60分煮込む。

5. 豚肉が柔らかくなったら味を見て、薄かったら塩を加える。

☆砂糖を振って揉みこむことで、肉がとても柔らかくなります。

☆味付けはほぼ高菜漬けの味だけなので、ご飯が進みます。

アボカドの塩昆布焼き

〈材　料〉２人分

アボカド…１個　塩昆布…大匙２　シュレッドチーズ…大匙２

〈作り方〉

1. アボカドを皮つきのまま縦半分に割り、種を取り除く。
2. アボカド半分に塩昆布とシュレッドチーズをそれぞれ大匙1杯載せる。
3. 予熱230度のオーブンで8～10分焼く。

☆アボカドは底になる部分を少し切っておくと、置いた時に安定します。
☆トースターや魚焼きグリルでも作れます。チーズがとろりと溶けたら出来上がりと思ってください。

ナスのタプナードソース焼き

〈材　料〉作りやすい分量

ナス…1本

A［ニンニク…2分の1片　黒オリーブ…5粒　アンチョビ…1切れ
　オリーブオイル…大匙1］

〈作り方〉

1. ナスは洗ってヘタを取り、厚さ1・5センチくらいの輪切りにする。

2. ニンニク、黒オリーブ、アンチョビはみじん切りにする。

3. **A**の材料を混ぜ合わせてタプナードソースを作る。

4. ナスにタプナードソースを載せ、予熱２３０度のオーブンで10分ほど焼く。

☆こちらの料理もトースターや魚焼きグリルでも作れます。

☆タプナードソースで地中海気分を味わえます。ナス以外の野菜のグリルにも合うし、パンに載せても美味しいですよ。

鮭のコロッケ

〈材　料〉３～４人分

ジャガイモ…３個　鮭の水煮缶…１缶（１８０g）　玉ネギ…２分の１個

バター…大匙１

A［小麦粉…大匙４　卵…１個　水…大匙２］

パン粉…適量　揚げ油…適量　塩…小匙１　黒胡椒…少々

〈作り方〉

1．ジャガイモは皮ごと茹で、火が通ったら皮を剥き、マッシャーでつぶす。

2．玉ネギは皮を剥いてみじん切り、水煮の鮭は身も中骨もつぶす。

3．フライパンにバターを入れて熱し、玉ネギを炒め、鮭を缶汁ごと加えて、水気がなくなるまで炒める。

4．つぶしたジャガイモに**3**を加えて混ぜ、塩・黒胡椒で味を調えたら、３～４等分して成形し、ラップして冷蔵庫で冷やす。

5. Aの材料をよく混ぜてバッター液を作る。

6. 4のラップを外し、バッター液にくぐらせてからパン粉をまぶし、180度の油で色よく揚げる。

☆バッター液を使うと手軽な上に、衣がカリッと揚がります。

☆とは言え、コロッケは「家庭料理の王様」です。時間と余裕と愛情がないと作れません。これを分かってくれない人は、食べさせる値打ちがないと思ってください！

フライパン蒸し鶏

〈材料〉2人分

鶏もも肉…2枚　塩…小匙1

A［生姜…1片　長ネギの青い部分…1本分　水・日本酒…各大匙2　ゴマ油…小匙2］　醤油・和辛子…各適宜

〈作り方〉

1. 鶏肉は余分な脂を取り除き、身側に筋を切るように浅く切れ目を入れ、塩をよくまぶす。

2. 生姜は皮付きのまま薄切りにし、ネギは軽くつぶしておく。

3. フライパンに鶏肉とAを入れ、蓋をして中火にかけ、充分に蒸気が回ったら弱火で6〜7分加熱する。

4. 火を止めてそのまま5分ほど置いて蒸らす。

5. 鶏肉を食べやすい大きさに切って器に盛る。

☆身側に切れ目を入れると、火が早く通り、身縮みも防げます。

☆塩でしっかり下味が付いているので、そのままでも美味しいですが、好みで醤油と和辛子を添えてどうぞ。

☆私は蒸し鶏が大好きなのですが、蒸し器を出すのが面倒であまり作りませんでした。この作り方ならフライパンで出来るので、超助かります。

シメ

ハマグリの小鍋立て

〈材　料〉２人分
ハマグリ（大）…４個　長ネギ…１本　豆腐…４分の１丁　水…３００cc
酒…適宜
A〔薄口醤油…大匙１　だしの素…小匙２〕
三つ葉・柚子の皮・黒胡椒…適宜　素麺《そうめん》…１～２束

〈作り方〉
1. 長ネギは長さ４センチの斜め切りにする。
2. 豆腐は４等分に切る。
3. 鍋に水と酒、ハマグリを入れ、中火にかける。
4. 沸騰して口が開いたらハマグリを一旦取り出す。
5. 鍋にネギと豆腐、Aを入れ、再度沸騰したらアクを取り、ハマグリを鍋に戻して火を止める。

6. 三つ葉と柚子の皮を載せ、好みで黒胡椒をかけて食べる。

7. 鍋の具を全部食べたら、もう一度汁を温め、茹でた素麺を入れてにゅう麺にすると、シメにぴったり。

☆鍋の残り汁で作る雑炊《ぞうすい》やうどんは美味しいですね。最近は鍋の種類によってはラーメンなども登場します。その他、素麵や春雨、フォーなどもシメに良さそうです。家で鍋を楽しんだ後は、皆さまも色々とお試しください。

日本音楽著作権協会（出）許諾第2302784-301号

文春文庫

写真館《しやしんかん》とコロッケ
ゆうれい居酒屋《いざかや》3

定価はカバーに
表示してあります

2023年6月10日　第1刷

著　者　山口恵以子《やまぐちえいこ》
発行者　大沼貴之
発行所　株式会社 文藝春秋

東京都千代田区紀尾井町 3-23　〒102-8008
TEL 03・3265・1211㈹
文藝春秋ホームページ　http://www.bunshun.co.jp

落丁、乱丁本は、お手数ですが小社製作部宛お送り下さい。送料小社負担でお取替致します。

印刷製本・凸版印刷

Printed in Japan
ISBN978-4-16-792051-7